George Sa

La Tour
de Percemont

Roman

ISBN : 978-3-96787-422-8

10 9 8 7 6 5 4 3 2 1

George Sand

La Tour de Percemont

Roman

Table de Matières

À

MON AMI ÉDOUARD CHARTON.

GEORGE SAND.

Chapitre I

C'est en l'automne 1873 que j'entrai en relations pour la première fois avec la famille de Nives. J'étais en vacances et je pouvais avoir à cette époque environ trente mille livres de rente, bien acquises tant par mon travail d'avocat en cour royale que par l'amélioration assidue et patiente des biens territoriaux de madame Chantebel, ma femme. Mon fils unique Henri venait d'achever son droit à Paris et je l'attendais le soir même, lorsque je reçus par un exprès la lettre suivante :

À M. Chantebel, avocat, à Maison-Blanche, commune de Percemont, par Riom.

« Monsieur l'avocat, puis-je vous demander une consultation ? Je sais que vous êtes en vacances, mais je me rendrai demain à votre campagne, si vous voulez bien me recevoir.

» ALIX, COMTESSE DE NIVES. »

R.S.V.P.

Je répondis que j'attendrais madame la comtesse le lendemain, et tout aussitôt ma femme me gronda.

— Tu réponds comme cela tout de suite, me dit-elle, et sans te faire prier ni attendre, comme ferait un petit avocat sans causes ! Tu ne sauras jamais garder ton rang !

— Mon rang ? Quel rang avons-nous, s'il te plaît, ma bonne amie ?

— Tu as le rang de premier avocat de la contrée. Ta fortune est faite, et il serait bien temps de prendre un peu de repos.

— Cela viendra, et bientôt, j'espère ; mais, tant que notre fils n'aura pas fait ses débuts et prouvé qu'il est apte à hériter de ma clientèle, je ne compte pas laisser péricliter la situation. Je veux l'y installer avec toutes les chances de réussite.

— Tu dis cela, mais tu as la rage des affaires, et tu n'en veux pas manquer une. Tu finiras par mourir à la peine. Voyons ! je suppose qu'Henri ne soit pas de force à te remplacer ?

— Alors, je te l'ai promis, je me retire et je finis mes jours à la campagne, mais Henri me remplacera, il a fait de bonnes études, il est bien doué...

— Mais il n'a pas ta force physique et ta grande volonté. C'est un enfant délicat. Il tient de moi.

— Nous verrons bien ! s'il se fatigue trop, j'en ferai, sous ma direction, un avocat consultant. Je suis assez connu et assez apprécié pour être certain que la clientèle ne nous manquera pas.

— À la bonne heure, j'aimerais mieux ça. On peut donner des consultations sans sortir de chez soi et en habitant ses terres.

— Oui, à mon âge, avec ma notoriété et mon expérience ; mais pour un jeune homme il n'en va pas de même. Il lui faudra habiter la ville et même aller chez les clients, encore sera-t-il bon que durant les premières années de son exercice je sois auprès de lui pour le diriger.

— C'est cela ! tu ne veux pas te retirer ! Alors à quoi bon acheter un château et y faire des dépenses d'installation, si vous ne devez l'habiter ni l'un ni l'autre ?

Ma femme venait de me faire acheter le manoir de Percemont, situé au beau milieu de nos terres, dans la commune de ce nom. Il y avait longtemps que cette enclave nous gênait et que nous souhaitions nous porter acquéreurs ; mais le vieux baron Coras de Percemont attribuait au manoir de ses ancêtres une valeur exorbitante et prétendait faire payer cher l'honneur de relever ses ruines. Nous avions dû y renoncer ; puis le baron était mort sans enfants, et le château mis aux enchères nous avait été adjugé pour un prix raisonnable ; mais il fallait au moins une trentaine de mille francs pour rendre tant soit peu habitable ce nid de vautours perché au sommet d'un cône volcanique, et je n'étais pas aussi pressé que ma femme de faire pareille dépense pour m'y installer. Notre maison de campagne, spacieuse, propre, commode, abritée par des collines et entourée d'un vaste jardin, me paraissait bien suffisante, et notre acquisition n'avait d'autre mérite à mes yeux que de nous préserver d'un voisinage incommode ou tracassier. Les pentes de la roche qui portait la tour de Percemont étaient assez bonnes en vignes. Le haut, planté en jeunes sapins, pouvait devenir une bonne remise pour le gibier, et j'étais d'avis qu'on l'y laissât tranquille, pour avoir là, par la suite, une jolie réserve de chasse. Ma femme ne l'entendait pas ainsi. Cette grande tour lui avait donné dans la cervelle. Il lui semblait qu'en s'y perchant elle élèverait son niveau social de cinq cents pieds au-dessus du niveau de la mer. Les femmes ont leurs travers, les mères ont leurs faiblesses. Henri nous avait toujours témoigné un si vif désir de posséder Percemont que madame Chantebel ne m'avait point laissé de trêve que je ne l'eusse acheté.

Ce fut presque la première parole qu'elle lui dit en l'embrassant, car mon acquisition n'était ratifiée que depuis deux jours.

— Remercie ton cher papa, s'écria-t-elle, te voilà seigneur de Percemont.

— Oui, lui dis-je, baron des orties et seigneur des chats-huants. Il y a de quoi être fier, et je pense que tu vas te faire faire des cartes de visite qui porteront ces beaux titres à la connaissance des populations.

— Mes titres sont plus beaux que cela, répondit l'enfant en se jetant dans mes bras. Je suis le fils du plus habile et du plus honnête homme de ma province. Je m'appelle Chantebel et me tiens pour grandement anobli du fait de mon père, je dédaigne toute autre seigneurie ; mais le manoir romantique, le pic escarpé, le bois sauvage, voilà des jouets charmants, dont je te remercie, père, et, si tu le permets, je m'y trouverai, dans je ne sais quelle poivrière, un petit nid où j'irai lire ou rêver de temps en temps.

— Si c'est là toute ton ambition, j'approuve, lui répondis-je, et je te donne le joujou. Tu y laisseras revenir le gibier que le vieux baron fusillait sans relâche, n'ayant, je crois, rien autre à mettre au garde-manger, et l'an prochain nous y tuerons ensemble quelques lièvres. Sur ce, allons dîner, après quoi nous parlerons d'affaires plus sérieuses.

J'avais effectivement des projets sérieux pour mon fils, et nous n'en parlions pas pour la première fois. Je souhaitais le marier avec sa cousine Émilie Ormonde, que l'on appelait Miliette et encore mieux *Miette*, par abréviation.

Ma défunte sœur avait épousé un riche paysan des environs, fermier de terres considérables, qui avait laissé au moins cent mille écus au soleil à chacun de ses enfants. Miette et Jacques Ormonde. Ces deux orphelins étaient majeurs tous deux. Jacques avait trente ans, Émilie en avait vingt-deux.

Quand j'eus rafraîchi la mémoire d'Henri relativement à ce projet, dont il ne paraissait point trop pressé d'être entretenu, je l'examinai d'autant plus attentivement que j'avais brusqué l'attaque pour surprendre sa première impression. Elle fut plus triste que gaie, et il tourna les yeux vers sa mère comme pour chercher dans les siens la réponse qu'il devait me faire. Ma femme avait toujours approuvé et souhaité ce mariage ; je fus donc extrêmement surpris lorsque, prenant la parole à la place de son fils, elle me dit d'un ton de reproche :

— En vérité, monsieur Chantebel, quand tu as quelque chose dans la tête, c'est comme un coin de fer dans un quartier de roche. Ne peux-tu laisser un moment de joie et de liberté à ce pauvre enfant, qui sort d'un travail écrasant et qui a tant besoin de respirer ? Faut-il déjà lui parler de se passer au cou la corde du mariage ?...

— Est-ce donc une corde pour se pendre ? répliquai-je un peu fâché ; s'en trouve-t-on si mal, et veux-tu lui faire penser que ses parents ne font point bon ménage ?

— Je sais le contraire, répliqua vivement Henri. Je sais qu'à nous trois nous ne faisons qu'un. Donc, si vous êtes deux pour désirer que je me marie tout de suite, je ne compte pas et ne veux pas compter ; mais...

— Mais si je suis tout seul de mon avis, repris-je, c'est moi qui ne compterai pas. Donc nous ne faisons pas un en trois, puisque nous ne sommes pas Dieu, et les choses se décideront entre nous à la majorité des votes.

— Sais-tu, monsieur Chantebel ? dit ma femme, qui ne manquait pas d'esprit dans l'occasion, nous sommes heureux à notre manière dans le mariage, toi et moi, mais chacun l'entend à la sienne, et puisque le bien à chercher ou le mal à risquer doit être personnel à notre enfant, mon avis est de n'avoir d'avis ni l'un ni l'autre et de le laisser décider tout seul.

— C'était parbleu bien la conclusion que je tenais en réserve, lui répondis-je ; mais je le croyais épris de Miette et depuis longtemps décidé à en faire sa femme le plus tôt possible.

— Et Miette ? dit Henri ému, est-elle donc aussi décidée que moi, et pensez-vous qu'elle soit éprise de ma personne ?

— Éprise est un mot qui ne trouve pas son emploi dans le vocabulaire de Miette. Tu la connais ; c'est une fille calme, franche, décidée, sincère, c'est la droiture, la bonté, le courage en personne. Miette a une grande amitié pour toi, nous en sommes certains. Elle n'a, après moi, qu'un guide et un ami en ce monde, son frère Jacques, qu'elle chérit et respecte aveuglément. Miette Ormonde épousera celui que Jacques Ormonde aura choisi, et depuis l'enfance Jacques Ormonde, qui est ton meilleur ami, t'a destiné sa sœur. Que veux-tu de mieux ?

Chapitre II

— Je ne pourrais jamais désirer ni espérer rien de mieux, si j'étais aimé, répondit Henri ; mais sache, mon père, que cette affection, sur laquelle je croyais pouvoir compter, s'est étrangement refroidie depuis quelque temps. Jacques ne m'a pas répondu lorsque je lui ai annoncé mon prochain retour, et les dernières lettres d'Émilie étaient d'une froideur remarquable.

— Ne lui aurais-tu pas donné l'exemple ?

— S'en est-elle plainte ?

— Miette ne se plaint jamais de rien ; elle a seulement remarqué une sorte de préoccupation dans tes propres lettres ; et, quand j'ai voulu me réjouir avec elle de ton retour, elle a eu l'air de douter qu'il fût aussi prochain que je le lui annonçais. Voyons, enfant, la vérité. Tu peux bien te confesser à tes parents. Je ne te demande pas compte des distractions que Miette pourrait te reprocher. Nous avons tous passé par là, nous autres étudiants d'autrefois, et je ne prétends pas que nous valussions mieux que vous ; mais nous revenions au bercail avec joie, et peut-être dans ta correspondance avec ta cousine as-tu laissé percer un regret de ces distractions que tu aurais eu le tort de prendre trop au sérieux ?

— J'espère que non, mon père, car ce regret a été bien léger et rapidement effacé par la pensée de votre bonheur. Je ne me rappelle pas les expressions qui ont pu m'échapper ; mais, à coup sûr, je ne suis pas assez naïf pour avoir rien dit et rien pensé qui motive le ton glacial que la petite cousine a pris pour me répondre.

— As-tu là sa lettre ?

— Je cours vous la chercher.

Henri sortit, et ma femme, qui avait écouté en silence, prit vivement la parole.

— Mon ami, me dit-elle, ce mariage est rompu, il n'y faut plus songer.

— Pourquoi ? qui l'a rompu ? à quel propos ?

— Miette est une fille rigide et froide qui ne comprend rien aux exigences de la vie élégante dans une certaine situation ; elle n'est pas capable de pardonner même l'apparence d'un petit égarement dans la vie d'un jeune homme.

— Allons donc ! que me dis-tu là ? Miette connaît fort bien toutes les légèretés commises par monsieur son frère lorsqu'il faisait son droit à Paris, et j'aime à croire qu'Henri n'en a pas le quart à se reprocher. Pourtant Miette n'en a jamais témoigné ni inquiétude ni dépit ; elle l'a reçu à bras ouverts lorsqu'il est revenu, il y a deux ans, aussi coureur d'aventures et aussi peu avocat que possible. Elle l'a aidé à payer ses dettes sans un mot de reproche ou de regret. Il me le disait encore dernièrement en ajoutant que sa sœur était un ange pour l'indulgence et la générosité, et à présent tu voudrais...

Henri, qui rentrait avec la lettre, nous interrompit. Cette lettre n'était pas froide comme il le prétendait. Émilie n'était jamais très démonstrative, et ses habitudes de modestie ne lui avaient jamais permis de se livrer davantage ; mais il est bien certain que cette fois il y avait chez elle un trouble et une sorte d'effroi inusités. « L'amitié, disait-elle, est une chose indissoluble, et vous trouverez toujours en moi une sœur dévouée ; mais il ne faut pas que le mariage vous tourmente ; s'il vous faut le temps de la réflexion, il me le faut aussi, et nous ne sommes engagés à rien que nous ne puissions encore discuter et remettre en question selon les circonstances. »

— Tu remarqueras, observa Henri en s'adressant à moi, qu'elle me dit *vous* pour la première fois.

— Il faut qu'il y ait de ta faute, répondis-je. Voyons ! allons au fait. Es-tu toujours amoureux, oui ou non, de ta cousine ?

— Amoureux ?

— Oui, amoureux, amoureux d'amour, il n'y a pas à jouer sur les mots.

— Il est en peine de te répondre, dit ma femme. Il se demande peut-être s'il l'a jamais été.

Henri saisit avidement la perche que lui tendait sa mère.

— Oui, s'écria-t-il, voilà le vrai ! Je ne sais pas si on peut appeler amour le sentiment respectueux et fraternel que Miette m'a inspiré dès l'enfance. La passion n'est jamais éclose de part ni d'autre.

— Et tu veux la passion dans le mariage ?

— Tu crois que j'ai tort ?

— Je ne crois rien, je ne fais pas de théorie. Je veux connaître l'état de ton cœur. Si Miette Ormonde aimait un autre que toi, tu ne demanderais pas mieux ?

Henri pâlit et rougit simultanément.

— Si elle en aime un autre, répondit-il d'une voix émue, qu'elle le dise !… Je n'ai pas le droit de m'y opposer, et je suis trop fier pour ne pas m'interdire les reproches.

— Allons, repris-je, la chose s'éclaircit et la cause est entendue. Écoute, nous avons dîné à quatre heures, il en est à peine six. Tu peux dans une demi-heure être chez ta cousine. Tu vas prendre *Mademoiselle Prunelle*, ta bonne petite jument, qui ne galope guère en ton absence et qui va être enchantée de cette promenade. Tu n'as rien à dire à Miette, sinon qu'arrivé à l'instant tu accours serrer sa main et celle de son frère. Cet empressement est la plus concise et la plus nette des explications en ce qui te concerne. Tu verras s'il est accueilli avec plaisir ou avec indifférence. À un garçon d'esprit, il n'en faut pas davantage. Reçu avec joie, tu restes une heure avec eux, et tu reviens nous dire ton triomphe. Éconduit dès les premiers mots, tu reviens à l'instant même et sans demander ton reste. C'est bien simple, et coupe court à toutes les théories que nous pourrions faire, comme à toutes les belles paroles que nous pourrions dire.

— Tu as raison, mon père, répondit Henri en m'embrassant, je pars et je reviens.

Pour patienter, ma femme prit son tricot ; moi, je pris un livre. Je voyais bien qu'elle grillait de me contredire et de me quereller, et je feignais de ne pas m'en douter ; mais elle éclata, et je la laissai aller pour bien connaître sa pensée. Je découvris alors que le mariage de son fils avec Miette lui était devenu antipathique, et que ses lettres ou ses paroles avaient dû être pour quelque chose dans le refroidissement de nos amoureux. Elle n'aimait plus la pauvre nièce, elle la trouvait trop *vigneronne*, trop peu née pour monsieur son fils ; sa fortune était sortable, mais Henri était fils unique et pouvait aspirer à une plus riche héritière. Il avait des goûts de luxe et des habitudes de confort que Miette ne comprendrait jamais. Elle avait fait de son frère, naguère brillant et décrassé, un gros paysan qui prendrait bientôt du ventre. Elle avait toutes les vertus et aussi tous les préjugés et tous les entêtements de la paysanne. On avait pu songer à ce mariage lorsqu'Henri était encore un écolier et un provincial. À présent qu'il revenait de Paris dans tout l'éclat de sa beauté, de sa toilette et de ses grandes manières, il lui fallait une fille de qualité capable de devenir une femme du monde.

J'écoutai tout cela en silence, et quand ce fut fini :

— Veux-tu, lui dis-je, que je tire la conclusion ?

— Oui, parle.

— Eh bien ! si ce mariage est détestable, ce n'est ni la faute d'Henri ni celle de Miette, c'est celle de la grande tour de Percemont !

— Par exemple !

— Oui, oui, sans cette damnée tour, nous serions toujours les bons et heureux bourgeois d'hier, et nous ne trouverions pas trop paysans les enfants de ma sœur ; mais, depuis que nous avons des mâchicoulis au-dessus de nos vignes et une porte fleuronnée à notre pressoir…

— Un pressoir ? Tu comptes faire un pressoir de notre château ?

— Oui, ma chère amie, et si cela ne fait point passer ta folie, je compte mettre à bas la vieille baraque !

— Tu ne le peux pas ! s'écria madame Chantebel indignée. Le château est à ton fils, tu le lui as donné !

— Quand il verra que le château t'a troublé la cervelle, il m'aidera à le démolir.

Ma femme craignait la raillerie ; elle s'apaisa et me promit d'attendre patiemment la décision d'Émilie ; mais bientôt elle s'agita de plus belle. Les heures s'écoulaient, et Henri ne rentrait pas. Je m'en réjouissais, moi ; je me disais que ses cousins l'avaient retenu et qu'ils avaient tous trois grand plaisir à se retrouver. Enfin minuit sonna, et ma femme, craignant quelque accident, allait et venait du jardin à la route, lorsque le galop de la petite jument d'Henri se fit entendre, et un instant après il était près de nous.

— Il ne m'est rien arrivé de fâcheux, répondit-il à sa mère, qui l'interrogeait avec anxiété. J'ai vu Émilie un instant, et j'ai appris d'elle que son frère habitait depuis un mois sa métairie de Champgousse, où il fait faire une bâtisse importante. Émilie, étant seule chez elle, m'a fait comprendre que je ne devais pas prolonger ma visite, et, comme il était encore de bonne heure, je me suis dirigé sur Champgousse afin d'embrasser Jacques. Je ne me rappelais pas bien le chemin, je crois que j'en ai fait plus qu'il ne fallait. Enfin j'ai vu Jacques, j'ai causé et fumé une heure avec lui, et me voilà, après trois lieues de retour par des sentiers assez embrouillés où, sans l'esprit de mon cheval, je ne me serais pas aisément reconnu dans l'obscurité.

— Et quelle mine t'a faite Émilie ? demanda madame Chantebel.

— Bonne, répondit Henri, autant que j'ai pu m'en rendre compte en si peu de temps.

— Pas de querelle, pas de reproches ?

— Pas du tout.

— Et Jacques ?

— Il a été cordial comme de coutume.

Alors rien n'est décidé ?

— Il n'a pas été question de mariage. C'est un point dont nous ne pouvions traiter qu'avec vous deux.

Ma femme, rassurée, se retira, et tout aussitôt Henri prit mon bras et m'entraîna dans le jardin.

— Il faut, me dit-il, que je te parle. Ce que j'ai à te dire est fort délicat, et je craindrais que ma mère ne prît la chose à cœur, au point de manquer de prudence. Voici ce qui m'est arrivé.

— Asseyons-nous, lui dis-je, et je t'écoute.

Henri, fort troublé, me raconta ce qui suit.

Chapitre III

« — D'abord je dois te dire dans quelles dispositions d'esprit et de cœur je me trouvais en allant voir Émilie. Il est bien vrai qu'avant de quitter la vie de Paris j'ai eu un moment d'effroi en songeant au mariage. Cet idéal, rêvé dans la première jeunesse, avait pâli d'année en année dans l'atmosphère enfiévrée d'une capitale. Tu m'avais vu si épris de ma cousine quand j'ai commencé mon droit, que tu avais craint, je l'ai bien compris, de me voir retardé dans mes études par l'impatience de les terminer. Tu ne t'es pas dit, cher père, que cette ferveur d'amour et d'hyménée était le fait du collégien et trouvait sa place naturelle entre le baccalauréat et la première inscription de droit. Tu n'as peut-être pas assez prévu que l'impatience se calmerait bien vite, et peut-être, désirant ce mariage, eusses-tu mieux fait de me laisser revenir ici les années suivantes aux époques des vacances. Tu as cru devoir me distraire d'une anxiété que je n'éprouvais déjà plus après la première année d'absence. Tu es venu prendre tes propres vacances avec moi. Tu m'as fait voyager, tu m'as conduit à la mer, et puis en Suisse, et puis à Florence et à Rome ; bref tu as fait si bien qu'il y avait tantôt quatre ans que je n'avais vu Émilie. Il en est résulté que je craignais de la revoir et de ne plus la trouver aussi charmante qu'elle m'était apparue dans la splendeur de ses dix-huit ans.

» Je songeais à cela en galopant vers sa demeure au coucher du soleil, et j'étais tenté de modérer l'ardeur de *Prunelle*, qui dévorait l'espace. Force lui a été pourtant de se calmer aux approches de Vignolette et de monter au pas le raidillon de sable qu'il faut gravir pour apercevoir le toit de la maison, enfoui dans le feuillage. Là, mon esprit inquiet s'est calmé aussi, et j'ai senti je ne sais quel attendrissement me gagner. La soirée était admirable, il y avait de l'or dans le ciel et sur la terre. Les montagnes m'apparaissaient dans des brumes d'un violet rosé. Le chemin brillait sous mes pieds comme une poussière de rubis. Les vignes ondulaient follement sur les collines, et leurs grands rameaux pourprés, chargés de fruits déjà noirs, se dressaient et se penchaient en festons plantureux sur ma tête. Pardonne-moi, j'ai fait de la poésie ! Mes heureux jours d'adolescence me sont apparus. J'ai revu les scènes de mes pastorales oubliées. Je me suis cru transporté au temps où, dans mon habit de collégien, devenu trop court pour mes grands bras maigres, j'approchais, le cœur palpitant, de la demeure de ma petite cousine alors si jolie, si gracieuse et si confiante ! J'ai recommencé mes rêves d'amour, et il m'a semblé que ce qui avait bouleversé tout mon être d'espérances et de désirs ne pouvait pas être une illusion vaine. J'ai repris le galop, je suis arrivé haletant, fiévreux, craintif, amoureux comme à dix-sept ans !

» Ne t'impatiente pas, mon père. J'ai besoin de résumer ce qui était le passé il y a quelques heures, un passé déjà loin d'un siècle à présent.

» Je tremblais en sonnant à la porte, cette petite porte peinte en vert, toujours éraillée et raccommodée avec de gros clous comme autrefois. Je prenais plaisir à reconnaître chaque objet et à retrouver frais et touffu le gros buisson de chèvrefeuille sauvage qui ombrage cette rustique entrée. Autrefois un fil de fer tendu le long de ce berceau de pampres suffisait aux gens de la maison pour ouvrir sans se déranger ; mais cette confiance hospitalière a disparu : on me fit attendre au moins cinq minutes. Je me disais : Émilie est seule, et peut-être est-elle au bout de l'enclos. Il lui faut le temps de traverser sa vigne, mais elle a reconnu ma manière de sonner, elle va venir m'ouvrir elle-même comme autrefois !

» Elle n'est pas venue, c'est la vieille Nicole qui m'a ouvert et qui a pris la bride de mon cheval avec un empressement plein de trouble.

» — Entrez, entrez, monsieur Henri ! Oui, oui, mademoiselle va bien, elle est à la maison, monsieur Henri ; allez, allez, excusez-nous, c'est jour de lessive, tout notre monde est allé à la rivière pour ramener le linge ; on vous a fait attendre. C'est des jours comme ça où tout est sens dessus dessous, vous savez bien, monsieur Henri !

» J'ai franchi rapidement l'allée étroite et longue, du moins trop longue à mon gré ! Autrefois on reconnaissait ma voix de loin, et Jacques accourait. Jacques était absent. Le chien ne m'a pas reconnu et a jappé après moi. Émilie n'est venue à ma rencontre que jusqu'aux marches du perron. Elle m'a tendu la main la première ; mais dans sa surprise de me voir il y avait plus d'effroi que de joie. Elle était costumée comme autrefois, en demi-demoiselle, la robe de mousseline bien retroussée sur les hanches, le tablier de soie garni de dentelles, le petit chapeau de paille des paysannes, garni de velours noir et retroussé par derrière sur son magnifique chignon brun, toujours aussi jolie, plus jolie peut-être encore ! La rondeur de son frais visage a pris un peu plus d'ovale, les yeux sont plus grands et une expression plus sérieuse a rendu son regard plus pénétrant, son sourire plus fin. Je ne sais ce que nous nous sommes dit, nous étions émus tous deux. Nous nous demandions de nos nouvelles et nous n'entendions pas la réponse.

» J'ai enfin compris que Jacques, *Jaquet*, comme elle l'appelle toujours, faisait bâtir toute une ferme à deux lieues de là. Champgousse est sa part d'héritage. Depuis longtemps étables et granges menaçaient ruine. – Il n'a pas voulu confier ses travaux à un entrepreneur qui l'eût rançonné sans faire les choses à son gré. Il a été s'installer chez ses fermiers afin d'être là dès le lever du jour jusqu'à la nuit et de surveiller le travail de ses ouvriers.

» — Mais il vient te voir tous les jours ?

» — Non, c'est trop loin, ça le forcerait de se coucher trop tard. Je vais le voir le dimanche et m'assurer qu'il ne manque de rien.

» — Il doit s'ennuyer tout seul ?

» — Non, il est si occupé !

» — Mais toi, cette solitude doit t'attrister ?

» — Je n'ai pas le temps d'y songer. Il y a toujours tant à faire quand on s'occupe de son *chez soi* !

» — Tu aurais dû aller demeurer chez nous !

» — Ce ne serait pas possible.

» — Tu es donc toujours une femme de ménage modèle ?

» — Il faut bien !

» — Et tu te plais à cette vie austère ?

» — Comme toujours.

» — Tu ne songes pas…

» — À quoi ?

» — À être deux pour…

» Je crois que j'allais me livrer lorsque Émilie se leva brusquement en entendant crier la porte de la salle à manger qui touche au salon ; elle s'élança dans cette direction et j'entendis très distinctement ces mots : *il est là, ne vous montrez pas.*

» Tu sautes de surprise, mon père ? Moi, je sentis comme une déchirure au cœur. J'entendis refermer la porte et Émilie rentra, très distraite et très gênée, pour me faire sur votre santé et vos occupations des questions oiseuses, car elle n'ignore rien de ce qui vous concerne, et c'eût été à moi de lui demander des nouvelles de chez nous. Je vis que ma présence la mettait au supplice et que ses yeux cherchaient la pendule malgré elle pour compter les minutes insupportables de ma présence. Je pris mon chapeau en lui disant que je vous avais à peine vus et que d'ailleurs je ne voulais pas la gêner.

» — Tu as raison, me répondit-elle. Tu ne peux plus venir comme autrefois, je suis seule à la maison, et ce ne serait pas convenable ; mais, si tu vas dimanche voir Jaquet à Champgousse, nous nous y rencontrerons.

» Je ne sais pas si j'ai répondu quelque chose. Je suis parti, courant comme un brûlé, j'ai été moi-même chercher *Prunelle* à l'écurie, j'ai repris ventre à terre le chemin qui devait me ramener ici. Et puis je me suis arrêté court en me demandant si je ne rêvais pas, si je n'étais pas fou. Miette Ormonde infidèle ou dépravée, cachant un amant dans sa maison ! Non, ce n'est pas possible, me disais-je ;… mais je veux savoir et je saurai ! J'irai voir Jacques. Je le questionnerai franchement. Il est honnête homme, il est mon ami, il me dira la vérité.

» J'ai donc pris le chemin de traverse qui mène à Champgousse. Je me suis un peu perdu, il faisait tout à fait nuit. Enfin j'arrive dans l'obscurité, j'entrevois la masse des bâtiments qui ne me paraît pas notablement changée. Je mets pied à terre au milieu des chiens furieux. Je cherche la porte du logis de maître, et tout à coup cette porte s'ouvre. Dans la lumière projetée de l'intérieur, je vois se dessiner la monumentale silhouette de Jacques Ormonde dans la tenue d'un homme qui sort de son lit.

» Il se jette dans mes bras, me serre vigoureusement dans les siens, s'écrie en riant qu'il était couché et qu'il s'en est fallu de peu qu'il ne prît son fusil pour me recevoir. Au vacarme que faisaient ses chiens, il avait cru à l'approche d'un voleur. Il s'empare de *Prunelle*, et, toujours à moitié nu, la conduit lui-même à l'écurie, où je le suis pour l'aider à la débrider.

» — Laisse, laisse-moi faire, me dit-il ; tu n'y verrais pas. Moi, je vois la nuit comme les chouettes, et puis je sais où tout se trouve. En effet il arrange tout dans les ténèbres, donne de l'eau, du grain, du fourrage à *sa petite amie Prunelle*, revient sans avoir éveillé personne, distribue de planureux coups de pied à ses chiens qui grognent encore après moi, et me fait entrer dans son pavillon, dont le seul luxe consiste en fusils de tout calibre et pipes de toute dimension. Pas un livre, pas d'encrier, pas de plumes, absolument comme dans sa chambre d'étudiant au quartier latin.

» — Ah çà, depuis quand es-tu arrivé au pays ?

» — Depuis tantôt dans l'après-midi.

» — Et tu viens me voir tout de suite ? C'est gentil, ça ! et je t'en remercie. On va bien chez toi ? Ma foi, il y a bien un grand mois que je n'ai vu tes parents. J'ai tant à faire ici ! Je ne peux pas quitter ; mais ils savaient où je perche depuis ce temps-là, puisque tu viens m'y surprendre ?

» — Ils n'en savaient absolument rien, car ils m'ont envoyé à Vignolette, où je comptais te trouver.

» Ici la figure expressive de Jaquet s'altéra. Tu sais que le gros garçon rougit comme une demoiselle à la moindre surprise. Il s'écria sur un ton d'effroi et de détresse :

» — Tu viens de Vignolette ? Tu as vu… ma sœur ?

» — Rassure-toi, lui répondis-je, je n'ai vu qu'elle.

» — Tu n'as vu qu'*elle ?* Elle t'a donc dit…

» — Elle m'a tout dit, répondis-je avec aplomb, voulant à tout prix profiter de son émoi pour lui arracher la vérité.

» — Elle t'a dit,… mais tu n'as pas vu l'*autre ?*

» — Je n'ai pas vu l'*autre.*

» — Elle t'a dit son nom ?

» — Elle ne m'a pas dit son nom.

» — Elle t'a recommandé le secret ?

» — Elle ne m'a rien recommandé.

» — Eh bien ! je te le demande, moi, au nom de l'honneur, au nom de l'amitié que tu as pour nous. Pas un mot de ce que tu as surpris ! Tu le jures ?

» — Je n'ai pas besoin de jurer dès qu'il s'agit de l'honneur d'Émilie.

» — C'est juste ! Je suis un imbécile. Or donc tu vas te rafraîchir et allumer une pipe, un cigare… lequel veux-tu ? prends, choisis. Je descends à la cave.

» — Ne prends pas cette peine.

» — La peine n'est pas grande, reprit-il en ouvrant une trappe au milieu de sa chambre. J'ai toujours ma provision sous la main.

» Et en un instant il descendit deux marches et remonta portant un panier de bouteilles de tous les crus de ses vignes.

» — Je te remercie, lui dis-je, mais j'ai perdu l'habitude de boire du vin en guise de rafraîchissement. As-tu de l'eau piquante ?

» — Pardieu ! la source acidulée coule à ma porte. En voilà de toute fraîche, mets-y un peu d'eau-de-vie. Tiens, voilà de la *fine champagne* et du sucre, fais-toi un grog !

» Je vis qu'en me servant à ma guise il débouchait son vin pour se servir à la sienne, et, sachant comme le vin lui délie la langue, je feignis une grande soif pour l'exciter à boire de son côté. J'espérais la révélation du grand secret ; mais il eut beau engouffrer le vin de ses coteaux, il rompit toujours les chiens avec une adresse dont je ne l'aurais pas cru capable.

» D'ailleurs je me lassai vite du rôle d'agent provocateur. Qu'avais-je besoin de savoir le nom du monsieur qui me remplace dans le cœur d'Émilie ? J'aurais cru qu'elle me dirait avec franchise : Je ne t'aime plus, j'en épouse un autre. Jacques avait l'air de croire qu'elle me l'avait dit. Je voulus aller droit au fait, et je l'interrompis au milieu de ses digressions pour lui dire :

» — Parlons donc d'affaires sérieuses. À quand le mariage ?

» — Mon mariage ? répondit-il avec candeur. Ah ! voilà ! Qui sait ? J'ai encore un mois à attendre avant de pouvoir me déclarer ouvertement.

» — Tu as donc des projets de mariage pour ton compte ?

» — Oui, de grands projets ! mais permets-moi de ne te rien dire de plus, je suis très amoureux et j'espère épouser, voilà tout. Dans un mois, c'est à toi le premier que j'ouvrirai mon cœur.

» — C'est-à-dire que tu ne me l'ouvriras jamais sur le présent chapitre, car, dans un mois, tu l'auras oublié, et tu en commenceras un autre.

» — Je suis un volage, c'est vrai. J'en ai donné trop de preuves pour le nier ; mais cette fois c'est sérieux, ma parole d'honneur.

» — Soit ; mais je ne te parlais pas de ton mariage. Ne fais pas semblant de te méprendre. Je te parlais du mariage d'Émilie.

» — Du mariage de ma sœur avec toi ? Ah ! voilà ! Il est remis en question, malheureusement, à mon grand regret, je te le jure !

» — *Remis en question* est une expression charmante ! m'écriai-je avec aigreur.

» Il ne me laissa pas continuer.

» — Eh bien oui, dit-il, c'est rompu. Tu ne peux pas t'en plaindre, c'est toi qui l'as voulu. N'as-tu pas écrit à Miette, il y a un mois ou six semaines, une espèce de confession voilée où tu doutais de la possibilité de son pardon et paraissais en prendre ton parti avec une douleur très résignée ? J'ai bien compris, moi, et, interrogé par elle, je lui ai dit en riant que les plaisirs de la jeunesse n'étaient pas chose grave et n'empêchaient pas le véritable amour de redevenir sérieux. Elle n'a pas su ce que je voulais dire ; elle m'a fait un tas de questions, trop délicates pour qu'il me fût possible d'y répondre. Alors elle a été voir tes parents ; ton père n'y était pas. Elle a causé avec ta mère, qui ne lui a pas caché que tu menais là-bas joyeuse vie, et qui lui a ri au nez lorsqu'elle en a marqué de l'étonnement. Ma chère tante a la franchise brusque quand elle s'y met. Elle a fait clairement entendre à Miette que, si tes infidélités la scandalisaient, la famille se consolerait aisément de son dépit. On n'était pas en peine de te procurer un plus bel établissement. La pauvre Miette est revenue toute penaude et m'a raconté la chose sans faire de réflexions. J'ai voulu la consoler ; elle m'a dit : Je n'ai pas besoin qu'on m'apprenne mon devoir, – et, si elle a pleuré, je ne l'ai pas vu. Je crois qu'elle a eu un gros chagrin, mais elle est trop fière pour l'avouer, et, du moment que ta mère est contraire à votre mariage, je ne crois pas que ma sœur veuille jamais en entendre parler.

» Surpris et fâché de voir ma mère dans ces dispositions, mais ne voulant pas apprendre par ceux qu'elle a blessés leurs griefs contre elle, sentant d'ailleurs que le premier tort venait de moi, et que, dans ma vie d'étudiant, j'avais mis à ma fidélité une lacune trop apparente, j'ai demandé à Jacques de me laisser partir.

» — Je suis fatigué, lui ai-je dit, j'ai mal à la tête, et, si j'ai du dépit, je ne veux pas y céder en ce moment. Remettons l'explication à un autre jour… Quand viens-tu déjeuner avec moi ?

» — C'est toi, répondit-il, qui viendras passer la journée avec moi dimanche. Miette y sera, et vous pourrez tout vous dire. Tu auras consulté tes parents, tu sauras si la fierté de ma sœur a été volontairement blessée, et, comme je sais, moi, que tu le regretteras, vous redeviendrez bons amis.

» — Oui, nous redeviendrons frère et sœur, car je présume qu'elle me dira franchement ce qu'elle eut dû me dire ce soir.

» Là-dessus, nous nous sommes quittés, lui toujours gai, moi triste à mourir. J'avais en effet une migraine effroyable qui s'est dissipée à la fraîcheur de la nuit, et à présent je suis stupide et brisé comme un homme qui vient de tomber du haut d'un toit sur le pavé. »

Chapitre IV

Quand mon fils eut achevé de parler, nous nous regardâmes fixement, car, tout en racontant, il m'avait suivi au salon.

— Je suis assez content de ton récit, lui dis-je, il n'est pas mal clair au premier abord. Pourtant si j'avais, comme juge, à tenir compte de la déposition détaillée d'un témoin, je lui ferais le reproche de n'avoir pas été bien clairvoyant ; je lui demanderais s'il est bien certain d'avoir surpris un homme chez Miette Ormonde.

— Je suis sûr des paroles que j'ai entendues. Est-ce à une femme qu'elle eût pu dire en parlant de moi : *Il est là, ne vous montrez pas !* D'ailleurs l'aveu de Jacques…

— Présente à mon sens des ambiguïtés singulières.

— Lesquelles ?

— Je ne puis pas le dire. Il me faut y réfléchir mûrement et faire une enquête sérieuse. Je me donnerai cette peine, s'il le faut, c'est-à-dire si tu y tiens. Y tiens-tu beaucoup ? Le trouble où je te vois est-il simplement le fait de l'orgueil blessé ? Es-tu offensé de voir Émilie si susceptible et si vite consolée ? Dans ce cas, ta raison et ta bonté reprendront vite le dessus. L'affaire s'éclaircira d'elle-même ; ou Émilie se justifiera, et vous vous aimerez encore, ou elle s'avouera engagée avec un autre, et tu iras philosophiquement à sa noce ;

mais, si, comme je le crois, ton chagrin est assez profond, s'il y a de l'amour contristé et froissé dans ton cœur, il faut qu'Émilie revienne à toi et renvoie le prétendant qui s'est glissé auprès d'elle pour profiter de son dépit en ton absence.

— Émilie n'eût pas dû souffrir ce prétendant ! Elle eût dû se dire que je n'étais pas homme à disputer une femme qui se compromet et se livre par vengeance ! Je la regardais comme une espèce de sainte, elle n'est plus à mes yeux qu'une petite coquette de village sans consistance et sans dignité.

— Alors tu ne dois pas la regretter, et tu ne la regrettes pas ?

— Non, père, je ne la regrette pas. Je n'avais plus envie de me marier ; mais, si je l'eusse retrouvée telle que je la connaissais ou croyais la connaître, j'eusse engagé ma liberté par respect pour elle et pour vous. À présent je me réjouis de pouvoir rompre mon lien sans vous affliger et sans me soucier du regret qu'elle en pourra ressentir.

Je ne pus obtenir de mon fils un aveu attendri de sa douleur. Il fut raide et fier au point de m'ébranler et de me faire croire qu'il se consolerait facilement. Il était tard, nous convînmes de ne rien dire à ma femme et de remettre au lendemain notre jugement calme sur l'étrange événement de la soirée.

Le lendemain, il dormit tard, et je n'eus pas le loisir de causer avec lui. Dès les neuf heures, ma femme m'annonça la visite de madame la comtesse de Nives. J'étais en train de me raser et j'engageai madame Chantebel à tenir compagnie à cette cliente jusqu'à ce que je fusse prêt.

— Non, me dit-elle, je n'ose pas. Je ne suis pas assez bien mise. Cette dame est si belle, elle a l'air si noble ! un carrosse magnifique, des chevaux,... ah ! de vrais chevaux anglais, un cocher qui a l'air d'un grand seigneur, un domestique en livrée !

— Tout cela t'a éblouie, dame de Percemont !

— Ce n'est pas le moment de plaisanter, monsieur Chantebel. Que fais-tu là, à essuyer dix fois ton rasoir ? Dépêche-toi !

— Je ne peux pourtant me couper la gorge pour te faire plaisir. Comme te voilà pressée aujourd'hui de me voir courir auprès de cette comtesse ! Hier tu me blâmais d'accepter si vite sa clientèle !

— Je ne l'avais pas vue. Je ne pensais plus que c'était du si grand monde. Allons, voilà ta cravate blanche et ton habit noir.

— Ma foi non ! nous sommes à la campagne, je ne me mettrai pas en tenue à neuf heures du matin.

— Si fait, si fait, s'écria ma femme en me mettant malgré moi la cravate de cérémonie, je veux que tu aies l'air de ce que tu es !

Pour couper court, je dus céder et je passai dans mon cabinet, où m'attendait madame de Nives.

Je ne l'avais jamais vue que de loin, aux lumières, et ne m'attendais pas à la trouver si belle et si jeune encore. C'était une femme d'environ quarante ans, grande, blonde et mince. Ses manières étaient excellentes ; sauf le roman de sa vie, que je savais *grosso modo*, l'opinion ne lui reprochait rien.

— Je viens, monsieur, me dit-elle, vous demander conseil dans une affaire très délicate, et vous me permettrez de vous raconter mon histoire, dont vous ne savez probablement pas tous les détails. Si j'abuse de vos moments…

— Mon temps vous appartient, – répondis-je, et, l'ayant installée dans un fauteuil, je l'écoutai.

— Je m'appelle Alix Dumont. J'appartiens à une famille honorable, mais pauvre, qui m'éleva dans l'amour du travail. J'ai été professeur dans divers pensionnats de jeunes filles. À vingt-huit ans, j'entrai comme institutrice chez la comtesse de Nives pour faire l'éducation de Marie, sa fille unique, alors âgée de dix ans.

Madame de Nives me témoigna beaucoup d'estime et de confiance. Sans ses bontés, je n'eusse pu supporter le caractère indiscipliné et l'humeur fantasque de Marie. C'était une enfant sans raison et sans cœur, que personne n'avait pu réduire. Cette triste besogne me fut très pénible, et quand, deux ans plus tard, madame de Nives mourut en me recommandant sa fille, je suppliai le comte de Nives de m'épargner une tâche au-dessus de mes forces ; je voulus partir.

Il me retint, il me supplia, il me dit que sans moi sa vie était brisée et sa fille abandonnée aux hasards d'une éducation qu'il ne saurait pas diriger. Je dus céder. Il me mit à la tête de sa maison, et Marie, qui s'était vue menacée d'entrer dans un couvent si je la quittais, se contint davantage et me supplia aussi de rester.

» Au bout d'un an de veuvage, le comte de Nives me déclara qu'il voulait se remarier et qu'il m'avait choisie pour sa compagne. Je refusai à cause de l'enfant, dont je pressentais l'aversion toujours prête à éclater, et, voyant qu'il insistait, je pris la fuite sans l'avertir. Je restai cachée quelques mois chez d'anciens amis. Il découvrit ma retraite et vint me supplier encore d'accepter son nom. Il avait mis Marie au couvent. Elle m'accuse aujourd'hui de l'avoir séparée de son père. J'ai fait au contraire mon possible pour la ramener auprès de lui. C'est le comte qui a été inflexible jusque sur son lit de mort.

Obsédée par une passion que malgré moi je commençais à partager, pressée par mes amis d'accepter les offres si honorables de M. de Nives, je devins sa femme, et j'eus de lui une fille qui s'appelle Léonie, qui a aujourd'hui sept ans et qui est son vivant portrait.

» J'étais heureuse, car je nourrissais toujours l'espoir de réconcilier mon mari avec sa première fille, lorsqu'il fit à la chasse une chute à laquelle il ne survécut que peu de jours. Il laissait un testament par lequel il m'instituait tutrice de Marie, m'attribuant la jouissance de tous ses revenus, ma vie durant. Or, les revenus de M. de Nives sont bien médiocres. Sa fortune provenait de sa première femme. La terre que je gouverne et que j'habite avec ma fille appartient en totalité à Marie, et le moment approche où cette jeune personne va me demander des comptes de tutelle, contrairement aux intentions de son père, après quoi elle nous chassera de la maison.

Ici madame Alix de Nives se tut et me regarda pour m'interroger, sans émettre sa pensée.

— Vous voudriez connaître, lui dis-je, un moyen pour éluder cette triste nécessité. Il n'y en a pas. Si par testament M. de Nives vous a attribué l'usufruit de tous ses biens, s'en rapportant à votre caractère et à votre loyauté pour pourvoir aux besoins et à l'établissement de ses deux filles, il n'a pu s'attribuer le droit de disposer des biens de sa défunte femme. M'apportez-vous le testament et les deux contrats de mariage du comte de Nives ?

— Oui, monsieur, les voici.

Quand j'eus examiné les pièces, je vis que le défunt s'était bercé d'une illusion qu'il avait fait partager jusqu'à un certain point à sa femme. Il avait cru pouvoir lui assurer le revenu de la terre de Nives, sauf par elle à ne point entamer ni détériorer le bien-fonds qui revenait de droit à Marie.

— Mon mari a pourtant consulté avant de rédiger ce testament, dit la comtesse d'un air de doute en me voyant hausser les épaules.

— Il a pu consulter, madame, mais ce n'est pas un homme de loi qui l'a conseillé ainsi.

— Pardonnez-moi, c'est…

— Ne me dites pas qui, car je suis forcé de vous dire, moi, que cet homme de loi, si homme de loi il y a, s'est parfaitement moqué de lui.

La comtesse se mordit les lèvres avec dépit.

— M. de Nives, reprit-elle, a toujours regardé Marie comme une personne sans jugement et sans raison, incapable de gérer ses affaires. Il la destinait au cloître. S'il eût vécu, il l'eût obligée à se faire religieuse.

— M. de Nives pouvait se faire aussi cette illusion-là : les anciennes familles négligent quelquefois de se renseigner sur le temps présent, et j'ai ouï dire que M. de Nives ne tenait pas toujours compte de ce qui s'est introduit dans la législation depuis 89 ; mais vous, madame, qui êtes encore jeune et que votre éducation a dû affranchir de certains préjugés, admettez-vous qu'on puisse forcer une héritière légitime à donner sa démission et à prononcer le vœu de pauvreté ?

— Non, mais la loi peut la contraindre à entrer dans une maison de détention et prononcer son interdiction, si elle a donné des preuves de démence.

— Ceci est une autre question ! Mademoiselle Marie de Nives est-elle véritablement aliénée ?

— Ne l'avez-vous pas entendu dire, monsieur Chantebel ?

— J'ai ouï dire qu'elle était bizarre, mais on dit tant de choses !

— L'opinion a pourtant sa valeur !

— Pas toujours.

— Vous m'étonnez, monsieur ; l'opinion est pour moi, elle m'a toujours rendu justice, elle serait encore pour moi, si je l'invoquais.

— Prenez garde, madame la comtesse ! il ne faut pas jouer avec la bonne renommée qu'on a su acquérir. Je crois que, si vous tentiez de provoquer l'interdiction de mademoiselle de Nives, vous lui créeriez aussitôt des partisans qui seraient contre vous.

— Est-ce à dire, monsieur l'avocat, que vous êtes déjà prévenu contre moi ?

— Non, madame la comtesse. J'ai l'honneur de vous parler aujourd'hui pour la première fois et je n'ai jamais vu mademoiselle de Nives ; mais examinez votre situation. Pauvre et sans nom, mais belle et instruite, vous entrez dans une maison dont le chef, bientôt veuf, vous épouse après avoir écarté un témoin dont la présence hostile ne pouvait vous créer que des obstacles et des chagrins. Ce témoin n'est qu'un enfant, mais c'est sa propre fille qu'il éloigne de lui et qui vous attribue son exil. Vous avez, dites-vous, fait votre possible pour la ramener. Il est fâcheux que vous n'ayez pas réussi ; il est fâcheux aussi que le testament de votre époux révèle une préférence pour vous qui efface toute affection paternelle de son cœur. Certaines gens pourraient croire que le malheur de mademoiselle Marie est votre ouvrage et, si elle est folle, que vous avez tout fait pour qu'elle le devînt.

— Je vois, monsieur Chantebel, que vous avez l'oreille ouverte à des insinuations cruelles contre moi.

— Je vous jure que non, madame la comtesse, mes réflexions naissent de la situation où vous êtes et du conseil que vous me demandez. Voyons, quelles sont les preuves de démence que votre belle-fille a données ?

— Il y en a plus que je ne pourrais jamais dire. Dès l'âge de dix ans, elle a été rebelle à toute discipline, furieuse de toute contrainte. C'est une nature échevelée, capable de tous les égarements, je n'ose pas vous dire…

— Dites tout, ou ne dites rien.

— Eh bien ! je crois que, malgré la claustration du couvent, elle a trouvé moyen d'avoir plus d'une fois des relations coupables.

— Vous croyez ?

— Et vous, vous doutez ? Eh bien ! il faut que je vous confie un secret très grave. Après avoir été chez les dames religieuses de Riom, où l'on s'était aperçu d'une intrigue avec une personne du dehors, elle a été transférée par mes soins chez les dames de Clermont, dont le monastère est plus sérieusement cloîtré. Savez-vous ce qu'elle y a fait ? Elle a disparu dernièrement en m'envoyant une lettre où elle me déclare qu'elle ne peut rester dans ce couvent et qu'elle part pour Paris, où elle entrera de son propre gré au Sacré-

Cœur pour y rester jusqu'au jour de sa majorité.

— Eh bien ! il fallait la laisser faire !

— Oui, je ne demandais pas mieux, mais je devais m'assurer que ce prétendu changement de communauté ne cachait pas un enlèvement ou pis encore. J'ai d'abord supplié les dames de Clermont de dire que Marie ne s'était enfuie que pour revenir chez moi, et tout aussitôt je me suis rendue à Paris. Marie n'était pas au Sacré-Cœur, elle n'était dans aucun autre couvent de la ville ni des environs. Elle est évidemment en fuite et avec un homme, car on a vu, sur le sable du jardin par où elle s'est sauvée, des traces de bottines très grandes.

— Ceci n'est pas de la folie comme on l'entend en médecine légale. C'est simplement de l'inconduite.

— Cette inconduite impose à la tutrice le devoir de rechercher la coupable et de la réintégrer dans une maison religieuse des plus sévères.

— D'accord ; y êtes-vous parvenue ?

— Non. J'ai passé tout un mois en vaines recherches, et, de guerre lasse, je suis revenue auprès de ma petite Léonie, dont je ne pouvais pas me séparer plus longtemps. Je n'ai encore voulu confier à personne le douloureux secret que vous venez d'entendre, mais il faut pourtant que j'agisse encore, et je venais vous demander ce que je dois faire. Faut-il m'adresser aux tribunaux, à la police, à qui de droit enfin, pour que Marie soit retrouvée et arrachée à l'infamie ? Ou bien dois-je me taire, cacher sa honte et souffrir qu'elle me ruine et me chasse de la maison de mon mari ? Dans le cas où cette fille avilie serait interdite, elle aurait encore à me savoir gré d'avoir mis son impudeur sur le compte de la folie. Dans le cas où je la laisserais impunie, aurais-je rempli mon devoir envers ma propre fille, qui va se trouver bannie et dépouillée sans que j'aie rien tenté pour la sauver ?

— Vous me permettrez de réfléchir et de bien rechercher les faits avec vous avant de me prononcer.

— Mais c'est que le temps presse, monsieur l'avocat ! Marie aura atteint sa majorité dans vingt-neuf jours. S'il y a quelque chose à tenter, il serait à propos de porter à la connaissance du tribunal et du public le fait de sa disparition avant qu'elle prenne l'avance pour faire valoir ses droits et entrer en possession.

— Si elle est prête à faire valoir ses droits et reparaît à l'heure dite, elle n'est pas folle, et personne ne doutera qu'elle ne jouisse de sa raison. Vous n'auriez donc contre elle, au besoin, que le grief d'inconduite. Il est nul du jour où cesse votre tutelle, aucun texte de loi ne peut priver de ses droits et de sa liberté une fille de vingt et un ans qui a fait une sottise ou un scandale un mois auparavant. Pour prouver qu'elle est privée de raison, il faudrait autre chose qu'une amourette à travers la grille et une évasion par-dessus les murs d'un couvent.

Chapitre V

Madame de Nives m'écoutait attentivement, et son regard m'interrogeait avec une ardeur douloureuse. Était-elle avide d'argent et de bien-être au point de tout risquer pour se soustraire à la restitution ? Était-elle mue par l'amour maternel, ou par une de ces haines de femme qui ferment l'entendement à toute prudence ? Sa beauté avait au premier abord un caractère de distinction et de sérénité. En ce moment, elle était si agitée intérieurement, qu'elle me causa un vague effroi, comme si le diable en personne fût venu me demander le moyen de mettre le feu aux quatre coins du monde.

Mon regard scrutateur fit hésiter le sien.

— Monsieur l'avocat, dit-elle en se levant et en faisant quelques pas, comme si elle eût eu des crampes dans les jambes, vous êtes bien dur à persuader ! Je croyais trouver en vous un conseil et un appui. Je trouve un juge d'instruction qui veut être plus sûr que moi-même de la bonté de ma cause.

— C'est mon devoir, madame la comtesse ; je n'en suis pas à mes débuts dans la carrière, je n'ai plus besoin de me faire un nom en mettant mon talent au service de la première occasion qui se présente. Je n'aime pas à perdre un procès, et les éloges dont me comblerait l'univers entier pour l'avoir plaidée avec habileté ne me consoleraient pas d'avoir accepté la défense d'une mauvaise cause.

— C'est parce que vous êtes ainsi, répondit madame de Nives d'un ton caressant, c'est parce que vous avez une réputation de probité scrupuleuse, c'est enfin parce qu'une cause soutenue par vous est presque toujours une cause gagnée d'avance, que je voulais vous confier la mienne. Si vous la refusez, ce sera un gros précédent contre moi.

— Si je la refuse, madame, il est très facile de laisser secrète votre démarche vis-à-vis de moi. Je puis donner à votre visite un prétexte étranger à cette affaire. Choisissez celui que vous voudrez, et je me conformerai à vos intentions.

— Ainsi vous refusez sans aller plus loin ?

— Je n'ai pas refusé, j'attends que vous me fournissiez des preuves dont ma conscience puisse s'accommoder.

— Vous voulez plus de détails sur Marie de Nives ? Eh bien ! voici son histoire, à elle ! Je vous ai dit son caractère, voici des faits.

La comtesse se replaça sur son fauteuil et parla ainsi :

— À onze ans, cette malheureuse enfant était déjà un inexplicable mélange de folie délirante et de profonde dissimulation. Vous croyez que ces deux dispositions se contredisent ? Vous vous trompez. Pour courir au hasard et faire l'école buissonnière avec les petits paysans d'alentour, Marie, qui prétendait adorer sa mère et qui l'aimait peut-être à sa façon, ne s'embarrassait nullement de lui faire de la peine. Elle ne s'embarrassait pas non plus d'exposer sa vie dans les exercices les plus périlleux des garçons. Dans les prés, elle sautait sur les chevaux en liberté et galopait sans selle ni bride au risque des plus graves accidents. Elle grimpait aux arbres, elle tombait, elle revenait déchirée, souvent blessée. Là était le délire, l'emportement d'une nature violente.

— C'était un peu, m'a-t-on dit, le caractère de son père.

— C'est possible, monsieur. Il était passionné et emporté ; mais il était sincère, et Marie est menteuse avec une certaine habileté. Quand sa fièvre est apaisée, il n'y a pas d'histoires qu'elle ne sache inventer pour mettre sa faute sur le compte des autres. Quand sa mère mourut, elle fut la proie d'un désespoir qui me parut sincère, mais peu de jours après elle se reprit à jouer et à courir.

— Elle avait onze ans ! À cet âge-là, on ne peut pas pleurer longtemps sans une réaction violente dans le sens de la vie active ; cela arrive même parfois à des personnes faites.

— Très bien, monsieur, vous plaidez pour elle !

— Je vous l'ai dit, je ne la connais pas.

— Vous avez été prévenu en sa faveur par quelqu'un, cela est certain. Attendez ! vous avez une parente, une nièce, je crois, qui a été au couvent avec elle à Riom ;… c'était une demoiselle… Pardon ! son nom ne me revient pas. Marie l'appelait sa chère petite Miette.

Je ne pus me défendre de tressaillir, une vive commotion s'était produite dans mon cerveau. Cette personne cachée la veille chez Émilie, cachée peut-être *depuis un mois*, à qui elle avait dit : *Ne vous montrez pas !* les quiproquos entre Jacques et mon fils, cet espoir de mariage annoncé par Jacques comme devant lui être confié *dans un mois*,… ces empreintes de grandes bottines sur le sable du jardin des religieuses de Clermont… Le grand Jacques Ormonde était-il l'auteur de l'enlèvement ? Miette Ormonde, l'ancienne amie de couvent, était-elle la recéleuse ?

— Qu'y a-t-il, monsieur Chantebel ? dit madame de Nives, qui m'observait. J'avais mis instinctivement ma main sur mon front pour rassembler mes idées. Êtes-vous fatigué de m'entendre ?

— Non, madame ; j'essayais de me souvenir. Eh bien ! je ne me rappelle pas que mademoiselle Ormonde, ma nièce, m'ait jamais parlé de mademoiselle de Nives.

— Alors je continue.

— Continuez, j'écoute.

— Quand Marie vit que je pleurais sincèrement sa mère, elle parut en revenir sur mon compte et m'embrassa en sanglotant, en me remerciant d'avoir soigné si fidèlement la moribonde. Je la crus revenue à de meilleurs sentiments ; elle me trompait. En entendant son père me supplier de rester, elle redevint aigre et outrageante. Je résolus alors de m'en aller, et je le lui annonçai ; mais son père avait dit qu'elle irait au couvent, et elle se mit presque à mes pieds pour me retenir. Deux jours plus tard, elle me résistait et m'injuriait encore. Son effroi du couvent ne pouvait vaincre sa haine et sa méchanceté.

— Mauvais caractère, aversion peut-être provoquée par la vôtre, impétuosité naturelle, déraison de l'enfance, inconséquence dans la passion, soit, je vous accorde tout cela ; mais d'aliénation mentale je n'en vois pas encore de preuve.

— Attendez ! quand son père, en mon absence, l'eut mise au couvent en lui disant qu'elle n'en sortirait jamais, il y eut, m'a-t-on dit, de grandes scènes de désespoir. Les religieuses la traitèrent avec beaucoup de douceur et de bonté. Elle prit très vite son parti, et, comme on lui parlait du bonheur de la vie religieuse, elle dit qu'elle n'était pas éloignée d'en essayer. Elle se montra effectivement très pieuse, et ces dames la prirent en amitié. Quand M. de Nives, devenu mon mari, me ramena dans ce pays-ci, j'allai m'informer d'elle. Elle était très dissipée et très paresseuse ; elle n'apprenait rien, mais on la croyait bonne et sincère. Je demandai à la voir. Elle me fit bon accueil ; elle s'imaginait que j'allais la ramener chez elle. Je dus lui dire que je rendrais bon compte de sa conduite à M. de Nives et que je plaiderais sa cause, mais que je n'avais pas la permission de l'emmener tout de suite.

Et comme, en m'approuvant, la supérieure m'appelait *madame*, Marie lui demanda pourquoi elle ne me disait pas *mademoiselle*. On avait eu le tort de lui laisser ignorer que je revenais mariée et que j'étais désormais madame de Nives. Il fallut s'expliquer. Elle entra dans un transport de rage épouvantable, il fallut l'emmener de force et l'enfermer. Sa fureur passa aussi vite qu'elle était venue. Elle avait alors treize ans et demi. Elle voulait entrer tout de suite au noviciat. On lui fit comprendre avec peine qu'elle était trop jeune et qu'en attendant elle devait travailler à s'instruire.

Elle travailla pendant un an, mais sans suite et comme une personne dont le cerveau n'est pas susceptible de la moindre application. Les maîtresses me dirent qu'elle n'était pas méchante, mais un peu idiote. Elles ne se trompaient qu'à demi : elle est idiote et méchante.

Je ne demandais qu'à les croire, et je fus dupe de sa soumission. Elle écrivit à son père une lettre sans style et sans orthographe, comme l'eût écrite une enfant de six ans, pour lui dire qu'elle était décidée à entrer en religion l'année suivante, et qu'elle demandait seulement à revoir la chambre de sa mère et à embrasser Léonie, sa petite sœur. Je priai M. de Nives de lui accorder cette grâce, et je lui offris d'aller la chercher. Il s'y refusa énergiquement.

« — Jamais ! me dit-il. Elle m'a menacé, au lendemain de la mort de sa mère, de mettre le feu à la maison, si je me remariais. Elle voulait me faire jurer de ne pas lui donner une *marâtre*. Elle avait la tête remplie de propos de laquais sur votre compte. Elle se promettait, si j'avais d'autres enfants, de les étrangler. Elle est folle, et d'une folie dangereuse. Elle est bien au couvent, la religion est le seul frein qui puisse la calmer ; écrivez-lui que j'irai la voir dans quelques années, lorsqu'elle aura pris le voile. »

Sur ces entrefaites, M. de Nives mourut sans avoir révoqué la sentence. Marie montra un violent chagrin, mais résista au conseil des religieuses, qui voulaient qu'elle m'écrivît. Elles lui dirent de ma part que j'étais toute disposée à la reprendre avec moi, si elle faisait la moindre démarche pour m'y faire consentir. Elle repoussa le conseil avec fureur, disant que j'avais fait mourir son père et sa mère, et qu'on la tuerait plutôt que de lui faire mettre le pied dans la maison.

— Est-ce que réellement elle vous accuse ?…

— Elle m'accuse de tous les crimes, n'en doutez pas ! Comment concilier cette haine furieuse et ces outrages avec la dévotion qu'elle manifestait alors ? Pourtant je crus encore à sa vocation religieuse. Il est des êtres terribles et insensés qui ne peuvent trouver d'apaisement que dans la vie mystique.

— Je crois le contraire. La vie mystique exaspère les esprits troublés. N'importe, poursuivez.

— En dépit de sa religion apparente, Marie commençait à éprouver les troubles de la nubilité, et un beau jour on découvrit qu'elle entretenait au dehors une correspondance amoureuse avec un écolier dont on n'a pas su le nom, mais dont l'orthographe était à la hauteur de la sienne. C'est alors que j'ai fait transférer Marie, qui devenait trop grande pour courir de pareils dangers (elle avait déjà près de quinze ans), au couvent cloîtré des dames de Clermont ; elle s'y est montrée très rebelle d'abord, et puis très douce, et puis très dissipée ; elle changeait de caractère et de disposition tous les quinze jours. J'ai toutes les lettres de la supérieure qui me la dépeignent comme une véritable folle. Marie n'est même pas bonne à faire une religieuse. Elle ne pourra jamais s'astreindre à aucune règle, elle est privée d'intelligence, et le moindre raisonnement l'exaspère ; alors elle a des attaques de nerfs qui frisent l'épilepsie ; elle crie, elle veut tout briser, elle cherche à se tuer. On a peur d'elle, on est forcé de l'enfermer. On fournira à ce couvent toutes les preuves dont j'ai besoin, et j'en ai déjà une certaine quantité que je vous remettrai si vous acceptez la défense de mes légitimes intérêts.

— Et si je ne l'acceptais pas, que feriez-vous, madame la comtesse ? Renonceriez-vous à une poursuite qui offre des dangers sérieux à l'honneur des deux parties ? Je veux croire que les preuves tenues par vous en réserve sont accablantes pour mademoiselle de Nives. J'admets même que vous réussissiez à savoir où elle s'est cachée et que vous ayez les moyens de la déshonorer en constatant une folie honteuse, ne craignez-vous pas que l'avocat qui défendra sa cause ne vous impute le malheur de cette fille sacrifiée par son père, repoussée, persécutée (on le dira), portée au désespoir par votre aversion ? Si vous vouliez suivre mon conseil, vous en resteriez là, vous laisseriez ignorer la fuite de mademoiselle de Nives, vous attendriez sa majorité si prochaine. Si elle ne reparaissait pas à cette époque, votre cause deviendrait meilleure, peut-être bonne. Vous seriez en droit de faire des recherches et de mettre la police sur pied ; alors nous trouverions probablement des motifs de certitude sur l'*incapacité*. Nous les ferions valoir. Ma conscience n'aurait plus lieu d'hésiter. Réfléchissez, madame, je vous supplie de réfléchir.

— J'ai réfléchi avant de venir ici, répondit madame de Nives d'un ton sec, et j'ai même résolu de n'écouter aucun conseil qui aurait pour résultat ma ruine et celle de ma fille. Si j'attends les événements, ils peuvent en effet m'être favorables ; mais s'ils ne le sont pas, si Marie est reconnue, en dépit de ses égarements, capable de gérer ses biens, je n'ai plus d'armes contre elle.

— Et vous en voulez absolument ? Qu'elle soit innocente ou non, vous voulez à tout prix sa fortune ?

— Je ne veux pas sa fortune, qui demeure inaliénable. J'en veux la gestion, selon le désir de mon mari.

— Eh bien ! vous ne prenez pas le chemin pour réussir, si vous travaillez au déshonneur de l'héritière. À votre place, j'attendrais qu'elle se montrât pour tâcher de faire une transaction avec elle.

— Quelle transaction ?

— Si elle a réellement gâté sa vie, vous pouvez lui faire sentir le prix du silence généreux que vous aurez gardé et l'amener peut-être à ne pas vous demander de comptes de tutelle jusqu'à ce jour.

— Lui vendre ma générosité ? j'aimerais mieux la guerre ouverte ; mais s'il n'y avait pas d'autre moyen de sauver ma fille, j'en passerais par là. Je réfléchirai, monsieur, et si je suis votre conseil, me promettez-vous de me servir d'intermédiaire ?

— Oui, s'il m'est bien prouvé que votre belle-fille est perdue et qu'elle a besoin de votre silence. Ce sera agir dans son intérêt comme dans le vôtre, car vous ne me paraissez pas disposée à être généreuse pour le plaisir de l'être ?

— Non, monsieur, je suis mère, et je ne sacrifierai pas ma fille pour être agréable à mon ennemie ; mais vous parliez de comptes de tutelle. A-t-elle donc le droit de m'en demander de bien rigoureux ?

— Sans aucun doute, et, comme elle a été élevée au couvent, il sera facile d'établir à peu de chose près ce que vous avez dépensé pour son éducation et son entretien. Ce ne sera pas un gros chiffre, et, si je suis bien informé, le revenu de la terre de Nives s'élève à trente-cinq ou quarante mille francs par an.

— On exagère !

— Les fermages feront foi. Mettons trente mille francs seulement. Depuis une dizaine d'années, vous touchez ce revenu, vous avez fait votre calcul ?

— Oui, si on me force à restituer ce revenu, je suis absolument ruinée. M. de Nives n'a pas laissé cent mille francs de capital.

— Avec cela, si on ne vous réclame rien dans le passé et si vous avez eu, comme je n'en doute pas, la prudence de faire quelques économies, vous ne serez pas dans la misère, madame la comtesse. Vous passez pour être une personne économe et rangée. Vous avez de l'instruction et des talents, vous ferez vous-même l'éducation de votre fille et vous lui apprendrez à se passer de luxe ou à s'en procurer par son travail. En tout cas, vous pourrez avoir toutes deux une existence indépendante et digne. Ne mettez pas dans votre vie l'issue désastreuse d'un procès qui ne fera pas honneur à votre caractère et qui vous coûtera fort cher, je vous en avertis. Il n'y a rien de si long et de si difficile que d'obtenir l'interdiction d'une personne, même beaucoup plus aliénée que mademoiselle de Nives ne me paraît l'être.

— Je réfléchirai, répondit madame de Nives ; je vous l'ai promis. Je vous remercie, monsieur, de l'attention que vous avez bien voulu m'accorder, et vous demande pardon du temps que je vous ai fait perdre.

Je la reconduisis jusqu'à sa voiture et elle repartit pour sa terre de Nives, située à cinq lieues de Riom, sur la route de Clermont. Je remarquai, car j'ai l'habitude de remarquer tout, que les chevaux anglais qui avaient ébloui ma femme étaient de vraies rosses, et que les domestiques à livrée étaient fort râpés. Cette femme ne sacrifiait rien au luxe, cela devenait évident pour moi.

Ma femme et mon fils m'attendaient pour déjeuner.

— Je ne déjeune pas, leur dis-je. Prenez votre temps. Moi, j'avale une tasse de café pendant qu'on mettra *Bibi* au tilbury. Je ne rentrerai pas avant trois ou quatre heures.

Pendant que je donnais mes ordres, j'examinais mon fils à la dérobée. Il me semblait avoir les traits altérés.

— As-tu bien dormi ? lui demandai-je.

— On ne peut mieux, répondit-il. J'ai retrouvé avec délices ma jolie chambre et mon bon lit.

— Et que vas-tu faire de ton après-midi ?

— J'irai avec toi, si je ne te gêne pas.

— Tu me gênerais, je te le dis franchement. J'espère te dire ce soir que tu ne me gêneras plus jamais. Et même… je te demande de ne pas t'éloigner, parce que, pour te dire cela, je peux revenir d'un moment à l'autre.

— Mon père, tu vas chez Émilie ? Je te supplie de ne pas la questionner, de ne pas lui parler de moi. Je souffrirais mortellement de la voir revenir à moi après en avoir accueilli un autre. J'y ai réfléchi, je ne l'aime plus, je ne l'ai jamais aimée !

— Je ne vais pas chez Émilie. Je sors pour une affaire de clientèle. Pas un mot d'Émilie devant ta mère.

Madame Chantebel revenait avec mon café. Tout en le prenant, j'engageai Henri à examiner le vieux château et à y choisir la pièce qu'il voulait faire arranger comme rendez-vous de chasse. Il me promit de ne pas songer à autre chose, et je montai seul dans mon petit cabriolet. Je n'avais pas besoin de domestique pour conduire le paisible et vigoureux *Bibi*. Je ne voulais pas de témoin de mes démarches.

Je pris la route de Riom comme si j'allais à la ville ; puis, inclinant sur ma gauche, je m'engageai dans les chemins sableux et ombragés qui conduisent à Champgousse.

Je faisais mon thème, mais, comme dans les conseils à donner il faut tenir compte du caractère et du tempérament des personnes plus que des faits et de la situation, je repassais dans mon esprit les antécédents, les qualités et les défauts de mon neveu Jacques Ormonde. Fils de ma sœur, qui était la plus belle femme du pays, Jacques avait été le plus bel enfant du monde, et, comme il avait la bonté, qui est compagne de la force, nous l'adorions tous ; mais c'est un malheur pour un homme que d'être trop beau et de se l'entendre dire. L'enfant fut paresseux et l'adolescent devint fat. Quelle plus douce chose, à cet âge où l'on rêve l'amour, que de lire un accueil hardi ou craintif, ému en tous les cas, dans les yeux de toutes les femmes ? Jacques eut de précoces succès ; sa force herculéenne ne s'en ressentait pas trop, mais sa force intellectuelle succomba à ce raisonnement captieux : si, sans cultiver mon être moral, j'arrive d'emblée aux triomphes qui sont le but fiévreux de la jeunesse, qu'ai-je besoin de perdre mon temps et ma peine à m'instruire ?

Aussi ne s'instruisit-il pas, et c'est tout au plus s'il parvint à apprendre sa langue. Il avait de l'esprit naturel et cette sorte de facilité qui consiste à s'assimiler le dessus du panier sans se soucier de ce qu'il y a au fond. Il pouvait parler de tout avec enjouement et passer pour un aigle aux yeux des ignorants. Élevé à la campagne, il connaissait bien le rendement et la culture de la terre. Il savait tous les trucs des maquignons et tirait bon parti de son bétail et de ses denrées. Les paysans le regardaient comme un malin et tous le consultaient avec respect. Son honnêteté proverbiale avec les honnêtes gens, sa franchise familière et cordiale, son infatigable obligeance, le faisaient aimer. Il n'eût pas fallu dire dans les fermes et villages d'alentour que le grand Jaquet n'était pas le meilleur, le plus beau et le plus intelligent des hommes.

Au sortir du collège, où il n'avait rien appris, il alla faire son droit à Paris, où il apprit ce qu'il appelait *faire la noce*. Ses années d'études furent une fête perpétuelle. Riche, généreux, avide de plaisirs et toujours prêt à ne rien faire, il eut de nombreux amis, mangea son revenu gaîment, dépensa largement sa jeunesse, sa santé, son cerveau, son caractère, et nous donna l'inquiétude de le voir prolonger indéfiniment ses prétendues études.

Mais, au fond de toute cette légèreté, le beau neveu tenait de sa race un moyen de salut efficace. Il aimait la propriété, et quand il vit qu'il fallait quitter cette joyeuse vie ou entamer sérieusement son capital, il revint au pays et n'en sortit plus. Sa terre de Champgousse était bien affermée, mais le bail finissait, et il sut le renouveler avec une notable augmentation sans chasser ses fermiers, dont il trouva le secret de se faire adorer quand même. Il conçut le projet de faire bâtir une belle maison, mais il ne se pressa pas. Vignolette, la maison paternelle, était échue en partage à sa sœur Émilie. C'était une habitation charmante dans sa simplicité : un enclos luxuriant de fleurs et de fruits, un pays adorable de fraîcheur et de grâce, dans cette fertile région qui s'étend entre le cours de la Morge et les dernières coulées de lave des monts Dômes vers le nord. Miette tenait si tendrement à cette habitation, où elle avait fermé les yeux de ses parents, qu'elle avait préféré laisser à son frère la meilleure part en terres de l'héritage, et garder son vignoble et sa maison de Vignolette. Elle y avait vécu seule avec ma vieille sœur Anastasie pendant l'absence de Jacques, elle avait soigné avec tendresse cette bonne tante, qui était morte dans ses bras, lui léguant tout son avoir, qui consistait en une centaine de mille francs placés en rentes sur l'État, et dont elle lui avait remis les titres sans faire de testament.

Miette, en recueillant ce legs, avait écrit à son frère à Paris :

« Je sais que tu as des dettes, puisque tu as chargé notre notaire de vendre ta prairie et le bois de châtaigniers. Je ne veux pas que tu entames ton bien. J'ai de l'argent ; te faut-il cent mille francs ? Je les ai, et ils sont à toi. »

Les dettes de Jacques n'avaient pas atteint la moitié de ce chiffre. Elles furent payées, et il revint, résolu à n'en plus faire.

Il avait accepté de demeurer à Vignolette chez Émilie, que la mort de sa tante laissait seule, et il avait remis ses projets de construction à Champgousse jusqu'au jour où Émilie serait mariée.

Depuis deux ans qu'il avait vécu avec elle, sa vie de libertinage avait pris un caractère pratique fort étrange. Il cachait avec soin ses équipées à la bonne Émilie, et cela était assez facile vis-à-vis d'une personne vivant dans une retraite absolue et ne sortant presque jamais de chez elle. Il avait des rendez-vous de chasse de tous côtés, et s'y trouvait avec ses amis en partie de plaisir à toutes les époques de l'année. Il ne paraissait pas dans le monde de Riom, où l'austérité bourgeoise eût gêné ses allures ; mais il avait toujours, soit là, soit à Clermont, quelque affaire qui l'aidait à cacher des relations mystérieuses dont il faisait volontiers la confidence à tout le monde. Seulement, comme il était un roué fort naïf, il ne compromettait que des femmes déjà très compromises, et, comme il était devenu pratique, il savait être généreux sans être prodigue.

Jacques marchait vers la trentaine et n'avait jamais parlé de se marier. Il se trouvait si heureux de sa liberté et en usait si bien ! Sa beauté s'était fort épaissie ; son teint de jeune fille avait pris un éclat violâtre qui contrastait avec sa chevelure d'un blond argentin. C'était une de ces figures qu'on voit de loin, haute en couleur, de grands traits, un beau nez aquilin, frémissant, que faisaient ressortir deux signes autrefois charmants, maintenant un peu verruqueux. Le menton tendait à se relever sous la barbe soyeuse et fine, d'un ton clair, qui se détachait comme une touffe d'épis murs sur un champ de coquelicots. Le regard était toujours vif, aimable, trop étincelant pour redevenir tendre. La bouche était restée saine et riche, mais le charme du sourire était effacé. On sentait que le vin et d'autres excès avaient moissonné la fleur d'une jeunesse qui eût pu être splendide encore, et Henri définissait très justement l'aspect saisissant, agréable et légèrement grotesque de son cousin en disant de lui :

— C'est un polichinelle encore jeune et bon.

Ayant récapitulé tout ce qui précède pour savoir comment j'ouvrirais le feu avec lui, j'arrivai à la porte de sa ferme. On me dit qu'il était dans un petit bois voisin et qu'on allait l'appeler. Je confiai *Bibi* aux garçons de ferme, et me mis de mon pied léger à la recherche de mon cher neveu.

Chapitre VI

Je m'attendais à le voir en chasse, je le trouvai étendu sur le gazon et dormant sous un arbre. Il dormait si serré que je dus le chatouiller du bout de ma canne pour l'éveiller.

— Ah ! mon oncle ! s'écria-t-il en se dressant d'un bond sur ses grands pieds, quelle bonne surprise, et que je suis content de vous voir ! Justement je pensais à vous !

— C'est-à-dire que tu rêvais de moi ?

— Oui peut-être ; je dormais ? N'importe, vous étiez dans mon idée. Je vous voyais fâché contre moi ; ce n'est pas vrai, n'est-ce pas ?

— Pourquoi serais-je fâché ?

— C'est qu'il y a bien longtemps que je n'ai été vous voir ; j'ai tant d'occupation ici !

— Je m'en aperçois bien. La fatigue t'accable, c'est pour cela que tu es forcé de faire la sieste n'importe où.

— Venez voir mes plans, mon oncle, vous me donnerez vos conseils.

— Une autre fois. Je suis venu te demander un renseignement. Tu connais, m'a-t-on dit, une jeune personne qui s'appelle mademoiselle de Nives ?

À cette brusque attaque, Jacques tressaillit.

— Qui vous a dit cela, mon oncle ? Je ne la connais pas.

— Mais tu connais des gens qui la connaissent, quand ce ne serait que Miette ! Elle a dû te parler quelquefois de son ancienne amie de couvent ?

— Oui, non, attendez ! Je ne me souviens pas. Vous voudriez… Qu'est-ce que vous voudriez donc savoir ?

— Je voudrais savoir si elle est idiote.

Ce mot brutal tomba comme une seconde pierre sur la tête de Jacques, et son teint vermeil pâlit légèrement.

— Idiote ! mademoiselle de Nives idiote ! qui prétend cela ?

— Un père de famille qui est venu me consulter ce matin, parce qu'un de ses fils veut demander cette jeune personne en mariage dès qu'elle sortira du couvent. Eh bien ! ce père a ouï dire que la demoiselle ne jouissait pas de sa raison, qu'elle était épileptique, folle, ou imbécile.

— Ma foi,… reprit Jacques, qui, à peine revenu de sa surprise, commençait à se remettre en garde, je ne sais pas, moi ! comment le saurais-je ?

— Alors, si tu ne sais rien, je vais trouver Miette, qui sera mieux informée et me renseignera volontiers.

De nouveau Jacques se troubla.

— Miette ira vous trouver, mon oncle ? il n'est pas nécessaire d'aller chez elle.

— Pourquoi n'irais-je pas ? ce n'est pas si loin !

— Elle est probablement sortie aujourd'hui. Elle avait des emplettes à faire à Riom.

— N'importe, j'irai, et, si je ne la trouve pas, je lui laisserai un mot pour qu'elle m'attende demain.

— Elle ira chez vous, mon oncle. Je lui ferai savoir que vous l'attendez.

— Ah çà, tu crains donc bien de me voir aller à Vignolette ?

— C'est pour vous épargner de la peine inutile, mon oncle !

— Tu es bien bon ! Je crois plutôt que tu crains de me laisser surprendre un secret !

— Moi ? Comment ? Pourquoi dites-vous cela ?

— Tu sais bien que, pas plus loin qu'hier soir, Henri a découvert que Miette lui cachait un secret très douloureux pour lui, pour moi par conséquent.

— Pour vous, pour lui ? Je n'y suis pas, mon oncle !

— Quelle comédie joues-tu là ? N'as-tu pas tout avoué à Henri ?

— Il vous a dit… Je n'ai rien avoué du tout.

— Tu lui as avoué que Miette avait chez elle un amoureux préféré et que mon fils n'avait plus qu'à se retirer.

— Moi, j'ai avoué cela ? Jamais, mon oncle, jamais ! Il y a eu quiproquo ! Ma sœur n'a pas d'autre amoureux. Est-il possible que vous doutiez de la probité et de la pudeur de Miette ? Un amoureux chez elle quand je n'y suis pas ! Sacrebleu, mon oncle ! si un autre que vous me disait cela…

— Alors la personne cachée à Vignolette serait une femme ?

— Ce ne peut pas être un homme, je jure que la chose est impossible et qu'elle n'est pas !

— Tu dois en être sûr ; tu vas souvent chez Miette ?

— Je n'y ai pas mis les pieds depuis un mois.

— C'est étrange ! Est-ce qu'elle t'a défendu d'y aller ?

— Je n'ai pas eu le temps.

— Allons donc ! On te voit à toutes les foires des environs !

— Pour mes affaires, pas pour mon plaisir ! je ne cours plus la prétentaine, mon oncle, je vous le jure.

— Tu songes à te marier ?

— Peut-être.

— Avec une héritière ?

— Avec une personne que j'aime depuis longtemps.

— Et qui n'est pas idiote ?

— Aimer une idiote ! Quelle horreur !

— Tu ne serais pas comme ce jeune homme qui recherche mademoiselle de Nives pour sa fortune et qui ne s'embarrasse pas si elle distingue sa main droite de sa main gauche ? Tu conçois l'inquiétude du père de famille qui m'a consulté sur ce point. Il regarderait son enfant comme déshonoré, si la chose était certaine.

— Ce serait une vilenie, une lâcheté, certainement ; mais qui a fait courir ce bruit-là sur mademoiselle de Nives ? Ce doit être sa belle-mère.

— Tu la connais donc, sa belle-mère ? Voyons, dis-moi ce que tu sais !

— Mais je ne sais rien du tout ! je ne sais que ce que l'on dit, ce que vous avez entendu dire mille fois. Le comte de Nives avait épousé une aventurière qui aurait chassé et persécuté l'enfant de la première femme. On a même dit qu'elle était morte dans un couvent, cette jeune fille !

— Ah ! tu la croyais morte ?

— On me l'avait dit.

— Eh bien ! je t'apprends qu'elle est vivante, et si mes inductions ne m'égarent pas, car elle s'est enfuie du couvent, elle est maintenant cachée à Vignolette.

— Ah ! elle s'est enfuie ?

— Oui, mon garçon, avec un amoureux qui a de très grands pieds.

— Jacques Ormonde regarda involontairement ses pieds, et puis les miens, comme pour faire une comparaison qui ne lui était jamais venue à l'esprit. Peut-être jusqu'à ce jour ne s'était-il pas douté qu'il pût y avoir une imperfection dans sa personne.

Je vis bien qu'il était démonté, et que, si je le poussais encore un peu, il allait tout me révéler ; mais j'avais voulu le pénétrer et je ne voulais pas de confidences. Je changeai brusquement la conversation.

— Parlons de ta sœur, lui dis-je, est-il vrai qu'elle soit fâchée contre madame Chantebel ?

— Ma tante l'a beaucoup blessée, elle lui a donné à entendre qu'elle ne voyait pas de bon œil son mariage avec Henri.

— Je sais qu'il y a eu un malentendu entre elles, comme il y en a eu un entre Henri et toi. J'espère que tout sera réparé, et, puisque tu es sûr que Miette n'a pas formé d'autres projets…

— Cela, je vous le jure, mon oncle !

— Eh bien ! je vais en causer avec elle. Viens avec moi jusqu'à Vignolette.

— Oui, mon oncle, jusqu'à mi-chemin, car j'ai ici des maçons qui brouillent tous mes plans quand j'ai le dos tourné.

Quand nous fûmes à peu de distance de Vignolette, Jacques me pria de le laisser retourner à ses travaux. Il semblait craindre d'aller plus loin. Je lui rendis sa liberté, mais, quand nous nous trouvâmes un peu loin l'un de l'autre, je remarquai fort bien qu'il ne retournait pas à Champgousse. Il se glissait dans les vignes comme pour surveiller le résultat de ma visite à sa sœur.

Je fouettai mon cheval et lui fis doubler le pas. Je ne voulais pas que Jacques arrivât avant moi par les petits sentiers et qu'il prévînt sa sœur de mon arrivée. Cependant, comme il me fallait, pour entrer en voiture, tourner autour de la ferme, je n'étais pas certain qu'avec ses grandes jambes et les habitudes du chasseur qui passe à travers tout, il n'eût gagné les devants, quand je pénétrai sans me faire avertir dans le jardin de ma nièce.

Elle était dans son verger et vint à moi, portant un panier de pêches qu'elle venait de cueillir, et qu'elle posa sur un banc pour m'embrasser cordialement.

— Asseyons-nous là, lui dis-je, j'ai à te parler, et, pour m'asseoir, je relevai une ombrelle de soie blanche doublée de rose, qui était étendue sur le banc. Est-ce à toi, ce joli joujou ? dis-je à Miette. Je ne te savais pas si merveilleuse.

— Non, mon oncle, répondit-elle avec la franche décision qui était le fond de son âme et de son caractère. Ce joujou n'est pas à moi, il est à une personne qui demeure chez moi.

— Et que j'ai mise en fuite ?

— Elle reviendra, si vous consentez à la voir et à l'entendre ; elle désire vous parler ; car depuis hier soir, je lui ai fait comprendre qu'elle n'avait rien de mieux à faire.

— Alors tu as vu ton frère aujourd'hui ?

— Oui, mon oncle. Je sais qu'Henri a surpris quelque chose ici. J'ignore s'il vous l'a dit, j'ignore ce qu'il en pense ; mais moi, je ne veux pas avoir de secrets pour vous, et j'ai dû faire comprendre à la personne qui m'avait confié les siens que je ne voulais pas vous faire de mensonges. Vous venez pour m'interroger, mon oncle, me voilà prête à répondre à toutes vos questions.

Chapitre VII

— Eh bien ! mon enfant, repris-je, je ne te ferai que celles auxquelles tu peux répondre sans rien trahir. Je ne te demanderai pas le nom de la personne, je crois que je le sais. Je ne demanderai pas non plus à la voir. Je ne m'intéresse qu'à ce qui concerne personnellement ton frère et toi, car il m'importe grandement que Jacques ne te prenne pas pour complice d'une folie dont les conséquences seraient graves, fâcheuses tout au moins.

— Mon oncle, je vous jure que je ne comprends plus ce que vous me dites. Jacques n'est pour rien dans la décision que j'ai prise d'accueillir cette personne et de la protéger autant qu'il me serait possible.

— Tu dis que Jacques n'est pour rien… et tu le jures. Émilie ? tu n'as jamais menti, toi !

— Jamais ! reprit Miette avec cette expression toute-puissante de la vérité qui n'a pas besoin de preuve pour s'imposer.

— Je te crois, ma fille, je te crois ! m'écriai-je ; ainsi mademoiselle de… - ne la nommons pas ! - est venue chez toi, il y a un mois, seule et de son plein gré, c'est-à-dire sans que personne te l'ait amenée en lui persuadant d'y venir, et sans que personne l'ait aidée à franchir les murs de sa prison ?

Avant de répondre. Miette hésita un instant, comme si je faisais naître en elle un soupçon qu'elle n'avait pas encore eu.

— La vérité que je puis jurer, reprit-elle, la voici : un soir du mois dernier j'étais seule ici. Jacques avait été à la foire d'Artonne. Il était absent depuis plus de huit jours quand j'entendis sonner à la grille. Je pensai que c'était lui, et, tout en me levant, je devinai qui ce devait être, car j'avais reçu une lettre qui m'annonçait un projet, un espoir d'évasion, et qui me demandait l'asile et le secret. Je me levai donc sans avertir mes domestiques qui dormaient. Je courus à la grille ; je reconnus la personne que j'attendais. Je la fis entrer ; sa chambre était préparée à tout événement. Je n'ai eu pour confidente que ma vieille Nicole, dont je suis sûre comme de moi-même.

— Et cette personne était seule ?

— Non, elle était accompagnée de la Charliette, sa nourrice, qui avait préparé de longue main et réussi à opérer son évasion.

— Qu'est devenue cette femme ?

— Elle ne s'est pas arrêtée chez moi. Elle est de Riom, et s'y est réinstallée avec son mari. C'est une personne qui ne me plaît guère, mais elle vient voir Marie de temps en temps pour lui dire ce que fait sa belle-mère, qu'elle s'est chargée de surveiller.

— Dis-moi ce que Jacques a fait quand ton amie a été installée chez toi ?

— Jacques est revenu deux jours après, et n'a pas vu ma recluse. J'ai été au-devant de lui sur le chemin et je lui ai dit : Tu ne peux pas remettre les pieds chez nous, cela prêterait à la médisance. J'ai chez moi une amie qui ne doit voir personne. Va-t'en coucher à Champgousse. Je te porterai tes affaires demain, et je t'aiderai à t'installer. Tu voulais commencer à bâtir, commence ; ne reviens pas chez nous d'ici à un mois, et garde le secret le plus absolu. Jacques a promis de ne pas chercher à voir mon amie et de ne pas parler d'elle à personne. Il a tenu parole.

— Tu en es sûre !

— Oui, mon oncle, quand même vous penseriez que je me trompe, reprit Miette avec fermeté ; je sais toutes les légèretés qu'on peut reprocher à mon frère, mais, pour ce qui me concerne, il n'en commettra jamais. Il sent très bien que, s'il venait ici, il serait vite accusé de faire la cour à mon amie, et que je jouerais, moi, un vilain rôle.

— Quel vilain rôle, ma chère ? Voilà le seul point qui m'intéresse. Comment jugerais-tu ta situation, si Jacques avait des prétentions sur cette demoiselle ?

— Jacques ne peut pas avoir la moindre prétention, il ne la connaît pas.

— Mais je suppose...

— Qu'il m'ait trompée ? C'est impossible ! ce serait très mal ! Cette demoiselle est riche et noble. C'est un parti au-dessus de Jacques ; si, pour se rendre possible, il eût cherché à la connaître, à se faire aimer, à profiter de son séjour chez moi pour la compromettre, je passerais pour la complice d'une intrigue assez lâche, ou pour une dupe parfaitement ridicule. N'est-ce pas votre avis, mon oncle ?

À mon tour, j'hésitai à répondre. Le grand Jacques me semblait assez léger et assez positif en même temps pour tromper sa sœur.

— Ma mignonne, lui dis-je en l'embrassant, personne ne t'accusera jamais de tremper dans une intrigue quelconque, et s'il y avait des gens assez malavisés pour cela, ton oncle et ton cousin leur frotteraient les oreilles.

— Mais ma tante Chantebel ! reprit Miette avec une expression de fierté douloureuse. Ma tante a des préventions contre moi, et peut-être déjà s'est-elle laissé dire quelque chose sur mon compte ?

— Ta tante n'a rien entendu dire. Oublie ce qu'elle t'a dit, elle réparera son étourderie ; car elle est étourdie, ma chère femme, je ne peux pas le nier ; mais elle est bonne et elle t'estime.

— Elle ne m'aime pas, mon oncle, je l'ai bien senti la dernière fois que nous nous sommes vues, et elle a mis dans l'esprit d'Henri des préventions contre moi.

— Mais moi, je ne compte donc pas ? Je suis là, et je t'aime pour quatre. Dis-moi une seule chose : as-tu toujours de l'affection pour Henri ?

— Pour Henri comme il était autrefois, oui ; à présent, je ne sais pas, c'est une connaissance à refaire. Il a changé de figure, de langage et de manières. Il me faudrait le temps de le retrouver ; mais d'ici à quelques semaines il ne peut pas revenir chez moi, et je ne peux pas aller chez vous, vous en savez maintenant la cause.

— Bien, remettons à quelques semaines l'examen que tu dois faire de lui, et réponds à une dernière question. Tu connais bien la personne à laquelle tu donnes asile ?

— Oui, mon oncle.

— Tu l'aimes ?

— Beaucoup.

— Et tu l'estimes ?

— Je crois fermement qu'elle n'a jamais eu rien de grave à se reprocher.

— Elle a de l'esprit ?

— Beaucoup d'esprit et d'intelligence.

— Elle est instruite ?

— Comme on peut l'être au couvent ; elle lit beaucoup maintenant.

— Et de la raison, en a-t-elle ?

— Beaucoup plus que la personne qui a fait son malheur et qui la persécute.

— Assez ! Pour le moment, je n'en veux pas savoir davantage. Je ne désire pas voir ton amie avant d'avoir quelque chose de sérieux à lui dire.

— Ah ! mon oncle, s'écria Miette, qui ne manquait pas de pénétration. Je devine ! Vous avez été consulté, vous êtes chargé de…

— J'ai été consulté, mais je suis tout à fait libre d'agir comme je l'entends. Pour rien au monde, je ne m'engagerais dans une affaire où ton nom pourrait être prononcé aux débats ; mais il n'y aura pas d'affaire, sois-en sûre, et, s'il y en avait, je refuserais de plaider contre celle qui est ta cliente et ta protégée. Seulement, comme il est plutôt question jusqu'à présent de transaction, j'ai le droit de donner de bons conseils aux deux parties. Dis donc à ton amie qu'elle a fait une grande faute contre la prudence en quittant son couvent à la veille d'en sortir de plein droit, et laisse-moi te dire que tu as fait, toi, en l'y encourageant, une étourderie dont je ne t'aurais jamais crue capable.

— Non, mon oncle, j'ai été abusée par les apparences. Marie m'écrivait : « Je suis majeure, mais on ne se dispose pas à me rendre ma liberté. Je n'ai pas d'autre parti à prendre que de fuir ; toi seule au monde peux me donner asile. Le veux-tu ? » Je ne pouvais pas refuser. C'est en arrivant ici qu'elle m'a appris qu'il s'en fallait de quelques semaines qu'elle eût atteint sa majorité. Je connaissais bien Marie, je savais qu'elle avait un an de moins que moi, mais je ne savais pas son jour de naissance. Quand je l'ai su, j'ai compris qu'elle devait rester bien cachée, et j'ai pris toutes les précautions possibles. J'y avais réussi jusqu'à présent. Marie ne sort pas de l'enclos, et mes métayers sont des gens sûrs et dévoués qui ne connaissent pas son nom, qui n'ont pas vu sa figure, et qui, sans être dans la confidence, sont assez méfiants pour ne pas répondre aux questions qu'on pourrait leur faire.

— Eh bien ! ma chère fille, redouble de précautions, car, à l'heure qu'il est, mademoiselle Marie est encore sous la dépendance de sa tutrice, et celle-ci pourrait la faire amener chez elle ou reconduire au couvent… entre deux gendarmes, comme on dit !

— Je le sais, mon oncle, je le sais ! aussi je ne dors que d'un œil. Si pareille chose arrivait… Pauvre Marie ! je la suivrais : on me verrait dans le pays conduite par la gendarmerie.

— Et comme Jaquet ne le souffrirait pas,… ni moi non plus si je me trouvais là, nous serions dans de belles affaires ! L'amitié est une bonne chose, mais je trouve que ton amie a beaucoup usé, pour ne pas dire abusé, de la tienne.

— Elle est si malheureuse, mon oncle ! si vous saviez… Ah ! je voudrais qu'elle vous parlât et vous racontât sa vie !

— Je ne veux pas la voir, je ne le dois pas. Il m'est impossible d'être dans la confidence de sa présence ici. Souviens-toi que cela gâterait tout et que je ne pourrais plus lui être utile. Donc je m'en vais, je ne l'ai pas vue, tu ne me l'as pas nommée, je ne sais absolument rien. Embrasse-moi et dis à ta recluse qu'elle ne doit pas même laisser traîner ses ombrelles dans ton jardin.

— Emportez ce panier de pêches, mon oncle, ma tante les aime.

— Non ! tes pêches, quoique superbes, sont moins veloutées et moins fraîches que toi, et comme je ne dirai pas à la maison que je t'ai vue, je ne veux rien emporter du tout. Me permets-tu de dire seulement à Henri que, le mois prochain, tu consentiras à refaire connaissance avec lui ?

— Vous lui direz donc à lui que vous m'avez vue ?

— Oui, à lui seul, mais il ne saura rien de ton secret.

— Alors, mon oncle, dites-lui,… dites-lui,… ne lui dites rien ; sachez avant tout ce que ma tante a contre moi. Tant qu'elle me sera contraire, je ne veux penser à rien.

Chapitre VIII

En effet j'étais résolu à ne rien confier à Henri. Il me fallait pourtant l'empêcher d'accuser Miette et le consoler, car il avait beau faire le fier, je le sentais blessé au fond du cœur, et je craignais de le voir, par sa conduite et son attitude, rendre impossible un mariage auquel était attaché, selon moi, le bonheur de sa vie. Je rentrai vers trois heures et ne trouvai personne à la maison. Ma femme et mon fils étaient montés ensemble au manoir de Percemont, où j'allai les rejoindre.

Décidément le joujou plaisait à Henri, et sa mère était en train de lui persuader d'y faire faire, sous prétexte de cabinet de travail, un joli appartement de garçon. Je ne fus pas de leur avis. Il fallait, selon moi, laisser le manoir tel qu'il était, et se contenter de nettoyer et rafraîchir la chambre qu'y avait occupée le vieux Coras de Percemont.

— Henri, leur dis-je, qu'il épouse ou non sa cousine Émilie, se mariera avant qu'il soit deux ou trois ans. Qui sait s'il ira demeurer chez sa femme ou s'il vivra près de nous ? Dans ce dernier cas, je suppose que sa femme désire habiter le donjon : il s'agira alors d'y faire une grosse dépense en vue d'un ménage et d'une famille. Tout ce que vous y feriez aujourd'hui ne servira plus de rien, et peut-être faudra-t-il le défaire ; ne nous pressons donc pas d'y jeter de l'argent en pure perte.

Henri se rendit à la raison. Sa mère le gronda de céder toujours et de ne tenir à aucune des idées qu'elle lui suggérait.

— Ne viens-tu pas de me jurer, lui dit-elle, que tu ne voulais pas songer au mariage avant d'avoir atteint la trentaine ?

Tout en grondant, elle nous laissa seuls, et je me hâtai de dire à Henri :

— Je viens de voir Miette. J'en étais bien sûr, moi ! la personne qui t'a intrigué hier soir chez elle était une femme.

— Tu en es sûr, mon père ? Pourquoi donc la cachait-elle ?

— C'est une religieuse du couvent de Riom qui par ordre du médecin doit passer quelque temps à la campagne. Tu n'ignores pas que ces dames sont cloîtrées et ne doivent pas voir le monde. Chaque fois qu'une visite arrive, Miette s'est engagée à l'avertir afin qu'elle ne se montre pas. Elle a aussi pour consigne de ne pas dire que cette vieille nonne est chez elle, la règle de l'ordre commande à celle-ci de vivre et de mourir au couvent. L'évêque, vu la gravité du mal, a accordé une dispense de deux mois à la condition que la chose ne serait point ébruitée. C'est un secret que je te confie, et je te prie de n'en rien dire à ta mère. Miette, très attachée à cette religieuse, se dévoue à la soigner, à la servir et à la tenir cachée. Comme toujours, avec un cœur d'ange, Miette se fait sœur de charité.

— Que doit-elle penser de moi qui l'accusais ? Est-ce que tu le lui as dit ?

— Pas si sot ! elle aurait quelque peine à te le pardonner ; mais pourquoi as-tu envie de pleurer ? Pleure si le cœur t'en dit ! seulement parle-moi franchement : Émilie t'est plus chère que tu ne veux l'avouer ?

— Mon père, dit Henri, j'ai envie de pleurer, j'ai envie de rire aussi.

— Ris et pleure, mais parle !

— Voilà le difficile. Parler, c'est se résumer, et je ne vois pas clair en moi-même. Je sais bien qu'Émilie est un ange, mieux encore, elle est une sainte, car, si elle a l'innocence et la candeur qu'on attribue aux êtres célestes, elle a le mérite de l'âme généreuse et vaillante qui surmonte toutes les épreuves. Être aimé d'elle est une gloire, l'avoir pour femme est une suprématie. Tu vois, je sais ce qu'elle vaut ; mais moi, est-ce que je vaux quelque chose ? est-ce que je suis digne d'une telle femme ? Qu'ai-je fait pour la mériter ? Bien au contraire, j'ai traversé, non sans quelque souillure, une vie dont elle n'a pas la moindre idée, et d'où j'ai dû chasser son image pour l'empêcher de me faire honte de mes plaisirs. Et à présent, je reviens à elle amoindri et attristé. On devrait se marier à dix-huit ans, mon père ! dans la ferveur de la foi en soi-même, dans l'orgueil de la sainte innocence. On se sentirait l'égal de sa compagne, on serait sûr de mériter son respect… Oui, l'amour conjugal est cette chose austère et sacrée dont on peut dire que, si ce n'est pas tout, ce n'est rien. Eh bien ! jusqu'à ces derniers temps, je ne l'avais pas compris, et, quand mes sens m'ont entraîné ailleurs, j'ai cru que je n'enlevais rien à Émilie de mon estime et de mon respect. J'ai vu depuis que je m'étais trompé. Mon culte s'est refroidi, j'ai reconnu que je ne l'avais jamais aimée comme je le devais, puisque j'avais pu l'oublier. J'ai eu peur d'elle et de moi ; je me suis dit qu'elle m'était trop supérieure, moralement parlant, pour me revoir avec joie et pour se donner à moi avec enthousiasme ; j'ai vu dans le mariage une chaîne d'un sérieux effrayant. Mon imagination a rêvé d'autres types que celui de cette fille trop parfaite pour moi. Les légères créatures qui égaient nos loisirs d'étudiants ont un charme funeste pour notre précoce dépravation, c'est d'être faciles et de nous laisser libres. Nous n'avons rien à faire pour les mériter, et rien à perdre à ne pas les conserver. D'autres sont tout à fait vénales, et, voulant se faire payer cher, ont l'art d'enflammer le désir par une feinte résistance. Celles-là sont plus dangereuses encore, elles usent le cerveau et entament la raison. J'ai su les fuir à temps, mais pas assez vite cependant pour qu'elles n'aient pas altéré en moi la source des émotions saines. Enfin, que veux-tu que je te dise ? J'ai été un peu corrompu, tu m'as donné trop d'argent. Enfant gâté, je ne me suis pas noyé, comme le cousin Jacques, dans les ivresses de Paris, mais j'ai perdu le goût du simple et l'amour du droit chemin : j'ai mis trop de fleurs artificielles dans mon jardin d'amour. La vierge byzantine au front sévère m'a paru trop triste et trop froide pour mon musée ; j'y ai mis des femmes de Gavarni, et à présent Émilie m'intimide. Je ne sais plus lui parler, je n'ose pas la regarder. Je crois que je ne saurai plus me faire aimer. Veux-tu que je te dise tout, que je te confesse une chose vraiment honteuse ? Hier, en la croyant infidèle, j'ai été glacé d'abord, et puis tout à coup furieux. La jalousie m'a torturé, je n'ai pas fermé l'œil de la nuit. Si elle eût été là, je l'eusse insultée, battue peut-être ! J'étais donc épris d'elle en la croyant avilie. J'ai eu toutes les peines du monde aujourd'hui à ne pas aller chez elle malgré sa défense et la tienne. À présent tu m'apprends que j'ai été un fou et un sot, tu me montres l'image d'Émilie avec son auréole immaculée, et me voilà abattu et repentant, mais incertain et craintif. Je ne sais plus si je l'aime !

— C'est bien, c'est bien, répondis-je, je comprends toutes choses à présent ! Cela devait arriver. Il y a un moment dans la vie où les pères les mieux intentionnés sont forcés d'abandonner leurs fils à la fatalité, bien heureux quand elle ne les leur rend pas plus détériorés que tu ne l'es ! Acceptons les faits accomplis et ne les aggravons pas par des réflexions trop sérieuses. Tu as fait un voyage où tu as été forcé de manger du piment, et aujourd'hui nos fruits et nos laitages te semblent fades. Tu n'es plus un berger de Virgile. Patience ! ça reviendra ! L'homme se modifie suivant son milieu, tu en arriveras plus vite que tu ne penses à apprécier les conditions du vrai bonheur. Pour le moment, oublie un peu la question du mariage. Émilie ne me paraît pas disposée à te la rappeler. Elle dit qu'elle ne te connaît plus, et son esprit, je l'ai bien vu, n'a plus de projet arrêté en ce qui te concerne. Vous êtes tous deux absolument libres de recommencer votre roman de jeunesse ou de le laisser s'effacer dans les nuages roses du passé.

Je ne suis pas un alarmiste, mais je ne suis pas non plus un insouciant. Je voyais bien qu'en ceci comme en tout la joie est fugitive et la sécurité chimérique. J'avais attendu comme un des plus beaux jours de ma vie celui qui me ramènerait mon fils. J'avais été si heureux de l'embrasser et j'avais fait tant de beaux rêves pour lui en l'attendant ! Malgré les fautes dont il se confessait et qu'il ne m'avait point trop cachées dans ses lettres, il avait travaillé, il était en possession d'une carrière qui pouvait être brillante. Il était intelligent, beau, bon, riche, aussi raisonnable que possible à son âge dans une telle situation. Nous avions sous la main la perle des fiancées, riche aussi, bonne, belle comme un ange et d'une raison exceptionnelle. Ils s'étaient aimés, promis l'un à l'autre au sortir de l'enfance. J'avais compté qu'ils se reverraient avec joie, et qu'on parlerait de mariage tout de suite, – et déjà on était refroidi ; ma femme, que je croyais raisonnable, au moins sur ce chapitre, travaillait à brouiller tout. Miette s'était aventurée par bon cœur dans une situation délicate. Jacques menait sous je ne sais quelle intrigue amoureuse qui pouvait compromettre ou affliger sa sœur, et le pire de tout, c'est qu'Henri, troublé, tourmenté entre l'amour et le caprice, n'avait pas dormi la première nuit passée sous le toit paternel et souffrait visiblement d'un état de l'âme mal défini que je ne pouvais pas guérir. Mon jour de bonheur n'avait donc pas été sans nuages, et, tout en feignant de rire de ces petites choses, j'en ressentais vivement le contre-coup.

Chapitre IX

Notre soirée fut pourtant très gaie : des parents et des amis vinrent dîner avec nous. Henri était aimé de tous, et tous me félicitaient d'avoir un tel fils. Il reçut beaucoup d'invitations et n'accepta qu'à la condition que j'irais avec lui. Il avait été, disait-il, assez longtemps privé de me voir pour qu'on lui permît de ne point passer ses vacances sans moi.

Il fallut accepter pour le lendemain une partie de chasse chez un cousin qui demeurait assez loin pour nécessiter une absence de deux jours. Jacques Ormonde avait promis d'en être. Il n'y vint pas. On n'y pensa guère, la chasse et le repas furent très animés ; mais je remarquai ce soin de nous éviter. Jaquet ne connaissait pas de pire effort que celui de cacher un secret ; donc il en avait un, et il redoutait mon examen. On nous retint un jour au delà de notre promesse, et nous ne rentrâmes chez nous que le lundi dans l'après-midi.

Le premier objet qui frappa mes regards en disant bonjour à ma femme fut une jolie petite fille de six à sept ans coquettement attifée qui s'accrochait en jouant et en riant à ses jupes, et qui me dit d'un air mutin :

— C'est-il toi le mari à Bébelle !

— Qu'est-ce que Bébelle ? et à qui ce joli enfant-là ?

— C'est mademoiselle Léonie de Nives, répondit ma femme en la prenant dans ses bras ; elle m'a entendu appeler madame Chantebel et elle trouve plus court et plus gentil de m'appeler Bébelle. Oh ! c'est que nous sommes déjà une paire d'amies, n'est-ce pas, Ninie ? Nous nous convenons beaucoup toutes les deux.

— Mais d'où diable vous connaissez-vous ? demandai-je.

Le fait me fut expliqué pendant que l'enfant se remettait à courir dans le jardin. Madame de Nives était venue la veille pour me parler, et ma femme s'était enhardie jusqu'à l'accueillir de son mieux. La toilette exquise et le brillant équipage de la comtesse lui avaient tourné la tête. Celle-ci s'était faite aimable et séduisante avec la femme de l'avocat qu'elle voulait gagner à sa cause. Elle avait consenti à laisser mettre ses chevaux au repos pendant deux heures à l'écurie. Elle avait parcouru le jardin et même elle était montée à la grande tour dont madame Chantebel était fière de lui faire les honneurs. Elle avait admiré le site, le jardin, la maison, les oiseaux, et avait promis une paire de vrais serins hollandais pour la volière. Enfin elle avait daigné accepter une collation de fruits et de gâteaux qu'on lui avait servie, elle avait déclaré qu'à Nives il n'y avait ni poires ni raisins qui approchassent des nôtres. Elle avait voulu emporter la recette des gâteaux. Elle était partie en disant qu'elle reviendrait le lendemain.

Elle était revenue en effet avec sa fille, comptant me trouver revenu aussi, comme j'avais promis de l'être ; mais je ne faisais rien à propos. *Cette pauvre comtesse* m'avait encore attendu une grande heure ; puis, ayant affaire à Riom, elle avait fait à ma maison l'insigne honneur d'y laisser la petite aux bras de ma femme, et elle allait revenir d'un moment à l'autre.

— J'espère, monsieur Chantebel, dit ma femme pour terminer, que tu vas faire brosser tes habits qui sont couverts de poussière, et changer ta cravate qui est toute *défraîchie !*

— Je remarquai qu'elle-même avait fait une toilette de grands jours pour recevoir sa nouvelle amie.

Peu d'instants après, madame de Nives revint en effet, ma femme emmena courir la petite, et la comtesse m'annonça qu'elle partait pour Paris, quelqu'un lui ayant écrit qu'on avait vu sa belle-fille entrer dans un hôtel garni du faubourg-Saint-Germain au bras d'un grand jeune homme très blond.

— La personne qui me donne cette indication, ajouta-t-elle, pense que Marie est encore là ; dans tous les cas, je saurai où elle est allée en quittant cet hôtel qu'on ne me désigne pas autrement. Je vois qu'on craint de se compromettre et de se trouver impliqué dans quelque scandale. Il faut que j'aille moi-même arracher la vérité. J'agirai, je surprendrai Marie, je ferai constater son inconduite, et je la ramènerai pour la replacer avec éclat dans son couvent.

— Vous casserez les vitres ? Alors plus d'accord possible, plus de concessions à espérer de sa part ; je vous ai dit et je vous répète que l'inconduite n'entraîne pas l'interdiction.

— Quand je tiendrai son secret, je vous l'amènerai, monsieur

Chantebel, et vous lui poserez les conditions de mon silence.

Si j'avais été bien certain qu'avant de se réfugier chez Émilie, mademoiselle de Nives, au sortir du couvent, n'eût pas été faire une promenade à Paris avec Jacques, soit pour son plaisir, soit pour consulter sur sa position, j'aurais pressé la belle-mère de partir. Le temps qu'elle eût perdu à chercher mademoiselle Marie où elle n'était pas eût été autant de gagné pour la sécurité des habitantes de Vignolette ; mais, dans le cas où ce voyage aurait eu lieu à l'insu d'Émilie, madame de Nives pouvait retrouver la trace de la fugitive, et, avec l'aide de la police, arriver à la découverte de la vérité. – Je prêchai donc encore une fois la patience et la prudence. Madame de Nives était résolue à partir et elle prit congé de moi en disant que surprendre Marie en plein égarement était son plus sûr moyen de salut. Quoiqu'elle ne s'en vantât pas, il était bien évident pour moi qu'elle avait pris d'autres conseils que les miens et qu'elle avait facilement trouvé des gens disposés à flatter sa passion et à entrer dans ses vues. Sa cause me devenait de plus en plus antipathique et je me sentais de plus en plus dégagé vis-à-vis d'elle.

Je ne la reconduisis que jusqu'au jardin. Un autre client m'attendait, et je dus m'occuper de lui jusqu'à l'heure du dîner. Quelle fut ma surprise lorsque, en rentrant dans la salle à manger, je vis la jeune Léonie de Nives assise sur une petite chaise haut montée qui avait servi à l'enfance d'Henri, et ma femme en train de lui nouer sa serviette autour du cou !

Madame de Nives avait confié la veille à madame Chantebel tout ce qu'elle m'avait appris à moi-même. Les femmes ont une merveilleuse facilité à se lier, quand la haine d'une part et la curiosité de l'autre trouvent l'aliment savoureux d'un scandale à confier et à écouter. Madame Chantebel se trouvait donc fort au courant, et mon étonnement la fit rire. Comme on ne pouvait s'expliquer devant l'enfant, on dit à Henri et à moi que la maman allait revenir dans la soirée.

— Je voulais la retenir à dîner, dit ma femme, mais comme elle va partir ce soir ou demain matin, elle a trop à faire à Riom, et elle a bien voulu me laisser garder sa petite jusqu'à ce soir.

Mais, le soir, madame de Nives ne revint pas. Ma femme n'en parut pas étonnée et fit dresser un petit lit auprès du sien. Elle alla se déshabiller et endormir mademoiselle Ninie, après quoi elle revint m'expliquer le mystère.

Madame de Nives avait dû prendre à Riom le train de 5 heures ; elle était en route pour Paris. Je devais bien savoir qu'elle n'avait pas un moment à perdre pour l'affaire qu'elle poursuivait. Elle avait craint les larmes de sa petite fille en la voyant partir. Elle avait accepté l'offre de ma femme de la garder jusqu'au soir, sa bonne viendrait la chercher pour la reconduire à Nives avec la voiture ; mais elle avait montré de l'inquiétude sur le compte de cette bonne, ayant découvert le jour même qu'elle avait une intrigue à Riom.

— Cette pauvre dame, poursuivit ma femme, n'est pas servie comme il faudrait. Ça n'a jamais bien marché dans son château depuis la mort de son mari. Les vieux domestiques étaient pour la fille aînée. Elle a dû les mettre tous à la porte ; mais ils ont laissé dans les environs leur mauvais esprit et leurs méchants propos, et elle a beau prendre ses gens à Paris, au moindre mécontentement ils deviennent insolents et ils parlent à Ninie de sa sœur Marie, chassée et enfermée au couvent à cause d'elle. Tout cela trouble la tête de l'enfant, et dans la dernière absence que la comtesse a été obligée de faire, on en a beaucoup trop dit à la petite, qui en a pris du chagrin et s'est montrée très indocile quand sa mère est revenue. Il paraît aussi que les voisins de madame de Nives ne sont pas tous bien pour elle. Elle n'a plus de parents, pas de famille ; elle est vraiment à plaindre. En écoutant ses ennuis, qui me faisaient de la peine, il m'est venu à l'idée de lui proposer de garder la petite.
— Si sa bonne a des intrigues, lui ai-je dit, vous ne pouvez plus la lui confier. Donnez-la-moi ; vous savez qui je suis et avec quelle douceur j'ai élevé mon fils et deux autres pauvres chéris que j'ai perdus. Vous dites que vous serez absente huit jours tout au plus. Qu'est-ce que c'est pour nous de garder un enfant huit jours ? Ce sera une joie pour moi. Chargez-moi de congédier votre mauvaise bonne quand elle reviendra et de vous en trouver une autre dont je pourrai vous répondre comme de moi-même. – Elle avait envie d'accepter, elle n'osait pas à cause de toi ; elle disait : — Ma petite est bruyante. Elle ennuiera M. Chantebel. — Bah ! lui ai-je répondu, vous ne le connaissez pas ! C'est un patriarche ! Il est bon comme du pain et il adore les enfants. Enfin j'ai si bien insisté qu'elle m'a laissé cette chérie, qui est un amour d'enfant. La pauvre femme était si touchée qu'elle en pleurait et qu'elle m'a embrassée en me

quittant.

— Peste, ma femme ! tu as été embrassée par une comtesse ! C'est donc ça que je te trouve dans la figure quelque chose de plus noble qu'à l'ordinaire !

— Tu vas encore railler ? c'est insupportable ! On ne peut plus parler raisonnablement avec toi, monsieur Chantebel ; tu deviens…

— Insupportable, tu l'as dit.

— Non, tu es le meilleur des hommes, tu ne peux pas me blâmer d'avoir accueilli une pauvre enfant qui a besoin d'être soignée et surveillée en l'absence de sa mère.

— Dieu m'en garde ! d'autant plus que tu me fais, sous condition, des compliments que je ne veux pas échanger contre des reproches. L'enfant ne me fâche pas, un enfant ne gêne jamais. Gardons-la tant qu'il te plaira, mais laisse-moi te dire que ta belle comtesse est un drôle de pistolet.

— Pistolet ! tu traites la comtesse de Nives de pistolet ! Quel ton tu as quelquefois, monsieur Chantebel !

— Oui, j'ai le mauvais ton et le mauvais goût de penser qu'une mère raisonnable ne confie pas son enfant, même pour huit jours, à une personne qu'elle connaît depuis la veille, et que, si elle n'a dans ses anciennes relations ni un parent dévoué, ni un ami sûr, ni un serviteur fidèle, il doit y avoir de sa faute.

— Tu as raison, moi je n'aurais pas confié comme ça Henri à des étrangers ; mais je ne suis pas la première venue pour madame de Nives. Elle a assez entendu parler de moi pour savoir que j'ai toujours été une bonne mère et une femme irréprochable.

— Ce n'est pas moi qui dirai le contraire ; mais cette confiance improvisée ne m'en étonne pas moins.

— Il y a des circonstances exceptionnelles, et tu dois savoir que l'avenir de cette même enfant dépend du voyage de sa mère à Paris.

— Elle t'a donc dit…

— Tout !

— Elle a eu tort !

— J'ai promis de garder le secret.

— Dieu veuille que tu tiennes parole, car je t'avertis que, si ta nouvelle amie compromet sa belle-fille, elle est ruinée.

— Oh ! que non ! Cette belle-fille est une malheureuse qui…

— Tu ne la connais pas ! Garde les qualifications qui lui seront applicables pour le moment où nous saurons si elle est une victime ou un diable.

Chapitre X

Le lendemain, la bonne de mademoiselle Ninie n'ayant pas paru, ma femme la confia à une brave fille qui avait ses parents chez nous et que nous connaissions bien. La petite se montra fort joyeuse d'être chez nous.

J'étais assez curieux de connaître ses dispositions à l'égard de sa sœur, et, dans un moment où je la vis seule au jardin, trottant sous les yeux de ma femme qui travaillait à la fenêtre du rez-de-chaussée, je descendis et je pris l'enfant par la main sous prétexte de lui mener voir les lapins dans un petit enclos où ils trottaient en liberté. Quand elle les eut bien admirés, je la pris sur mes genoux, et j'entrai en conversation avec elle.

— Vous devez avoir à Nives, lui dis-je, des lapins beaucoup plus beaux que ceux-ci ?

— Non, il n'y a pas de lapins du tout. Il n'y a que des poules, des chiens et des chats ; mais maman ne veut pas que je joue avec, parce qu'elle ne veut pas que je me salisse et que je me déchire. Moi, tu comprends, ça me fâche, parce que j'aime beaucoup les bêtes. Maman me gronde de les aimer, parce qu'elle est avare.

— Avare ? Qu'est-ce que cela veut dire, ce mot-là ?

— Ah ! dame ! je ne sais pas, moi ! c'est les domestiques qui l'appellent comme ça, parce qu'elle les gronde toujours.

— C'est un vilain mot. Il ne faut jamais répéter les mots qu'on ne comprend pas. Je suis sûr que votre maman vous aime beaucoup et qu'elle est très bonne avec vous.

— Elle n'est pas bonne du tout. Elle me fouette et elle me tape, et je ne m'amuse que quand elle n'est pas avec moi.

— Et vous n'avez pas de frères, pas de sœurs ?

— J'ai une grande sœur bien bonne ; je voudrais toujours être avec elle.

— Toujours ?... Est-ce que vous la voyez souvent ?

— Non, elle est en prison dans un couvent. Je l'ai vue... c'est-à-dire j'ai vu son portrait ; elle, je crois bien que je ne l'ai jamais vue.

— Alors vous ne savez pas si elle est bonne.

— Ma nourrice et la vieille jardinière m'ont dit qu'elle était en prison pour ça.

— Comment ! en prison parce qu'elle est bonne ?

— Il paraît. Aussi, quand maman me dit d'être bonne, je lui réponds : Non, vous me feriez aller en prison aussi ! Je suis bien contente qu'elle m'a mise chez toi, maman ! Tu me garderas toujours, n'est-ce pas ?

Puis, sans attendre ma réponse, mademoiselle Ninie, que je retenais avec peine, s'envola pour courir de plus belle après les lapins. Je voyais une enfant déjà malheureuse et fourvoyée. Que sa mère fût avare et méchante, je n'en doutais plus. Il était même fort possible qu'elle ne vît dans sa fille qu'un prétexte pour disputer avec avidité l'héritage de Marie. Elle n'avait même pas la ressource de l'hypocrisie pour faire des dupes ; elle se faisait haïr, et déjà ses valets avaient ébranlé, sinon altéré à jamais le sens moral dans l'âme de la pauvre Ninie.

Je regardais avec tristesse cette ravissante créature, revêtue de toute la beauté physique de son heureux âge, et je me disais qu'il y avait déjà un ver rongeur dans le cœur de cette rose. Je l'observais pour surprendre ses instincts ; ils étaient bons et tendres. Elle courait après les lapins, mais pour les caresser, et quand elle eut réussi à en prendre un, elle le couvrit de baisers et voulut l'emmailloter dans son mouchoir pour en faire un petit enfant. Comme l'animal était fort indocile et menaçait de griffer sa jolie figure, je le lui ôtai avec douceur sans qu'elle se fâchât, et je lui donnai un gros pigeon apprivoisé qui lui causa des transports de joie. D'abord elle le serra bien fort ; mais, quand je lui eus fait comprendre qu'il fallait le laisser libre pour avoir le plaisir de le voir revenir et la suivre de lui-même, elle m'écouta fort bien et le toucha délicatement ; mais c'était une ardeur de caresses qui révélait toute une âme pleine d'amour inassouvi et d'expansions refoulées.

Le jour suivant était ma fête, la Saint-Hyacinthe, c'était aussi la fête patronale de notre village. Deux ou trois douzaines de cousins et neveux nous arrivèrent avec femmes et enfants. Ils allèrent s'ébattre à la fête rustique, tandis que ma femme, sur pied dès l'aurore, leur préparait un festin homérique. Moi, je fus absorbé comme de coutume par une foule de clients, gros paysans ou petits bourgeois, qui profitaient de la fête pour venir me consulter et me priver du plaisir d'y assister.

Quand j'eus supporté la fatigue et l'ennui des longues explications plus ou moins confuses de ces braves gens, on sonnait le premier coup du dîner. Je les mis résolument à la porte, non sans me débattre jusque sur l'escalier contre leurs recommandations et redites. Enfin je passai au salon en leur fermant la porte au nez. J'eus là une surprise agréable. Émilie Ormonde m'attendait, un gros bouquet de magnifiques roses à la main. La chère enfant se jeta dans mes bras en me souhaitant bonne fête, joie, bonheur et santé.

— Voilà, lui dis-je en la serrant sur mon cœur, une première joie à laquelle je ne m'attendais pas. Es-tu là depuis longtemps, ma fille ?

— J'arrive, mon oncle, et je repars. Il faut que vous me permettiez de ne pas dîner avec vous comme les autres années ; mais vous savez mes empêchements : Marie n'est pas assez prudente ; elle s'ennuie beaucoup de rester enfermée. La pauvre enfant a été si longtemps prisonnière ! Croiriez-vous qu'aujourd'hui elle s'était mis dans l'esprit de se déguiser en paysanne pour venir à la fête ? Elle disait que personne ne connaît sa figure, et elle voulait m'accompagner comme une servante. Je n'ai pu la dissuader qu'en lui promettant de ne rester absente qu'une heure. Je n'aurais pu consentir à laisser passer la journée sans vous apporter les roses de Vignolette et sans vous dire qu'aujourd'hui comme toujours vous êtes avec Jacques ce que j'aime le mieux au monde.

— Et ta tante ?

— Je ne l'ai pas vue. Je lui dirai bonjour en me retirant.

— Comment lui expliqueras-tu que tu ne restes pas ?

— Elle ne me retiendra pas, mon oncle.

— Et si je te laisse aller, moi, vas-tu t'imaginer que je ne t'aime plus ?

— Oh ! vous, c'est bien différent ! Et puis vous savez que j'ai un enfant à garder.

— Un enfant déraisonnable, j'en étais sûr ! Tu sais que la belle-mère était ici il y a deux jours ?

— Oui ; je savais même qu'elle vous a laissé sa petite.

— Qui t'avait déjà dit cela ?

— La fille de ma vieille Nicole, qui est venue chez vous hier pour rendre des paniers que vous nous aviez prêtés. Elle a vu l'enfant, on lui a dit que la mère était partie pour Paris. Est-ce vrai ?

— C'est très vrai, et mademoiselle Marie risque fort d'être découverte, si elle a été à Paris en sortant du couvent avant de venir chez toi.

— Elle y a été, mon oncle ; je le sais à présent. Il fallait bien qu'elle achetât du linge et des robes, et surtout qu'elle consultât sur ses affaires, qu'on lui a toujours laissé ignorer.

— Elle a été à Paris… seule ?

— Non, avec sa nourrice, celle qui l'a aidée à s'enfuir. Cette femme lui est très dévouée, pourtant je la crains ; elle ne comprend pas la nécessité d'être prudente ; elle ne doute de rien, et, quand elle vient voir Marie, je n'ose pas la laisser seule à la maison avec elle.

— Et Jacques ? où est-il pendant ce temps-là ?

— Il doit être à la danse, et sans doute il va venir dîner avec vous.

— À la bonne heure ! Va-t'en donc, puisqu'il le faut. J'espère que tu me dédommageras amplement quand tu ne seras plus gardienne-esclave de ta belle amie. As-tu vu Henri ?

— Non, je n'ai vu et ne veux voir que vous. Adieu et au revoir, mon oncle !

On sonna le deuxième coup du dîner comme ma nièce s'en allait par la cour de la ferme, où elle avait laissé sa carriole et son domestique. Henri, qui arriva par le jardin, ne la vit pas. La nuée des cousins, neveux, petits-cousins et petits-neveux arriva aussi, puis enfin Jacques Ormonde, rouge comme une pivoine pour avoir dansé jusqu'au dernier moment. Le dîner ne fut pas trop long pour un repas de famille à la campagne ; on savait que je n'aimais pas à rester longtemps à table. Le service était prompt et forçait les convives à ne pas s'endormir en mangeant. Dès qu'on eut fini, sentant le besoin de respirer le grand air et d'oublier la claustration que m'avaient imposée les clients de la journée, je proposai d'aller prendre le café chez le père Rosier, qui tenait un établissement champêtre au village. De son jardin, nous verrions les danses et divertissements. Ma proposition fut accueillie avec enthousiasme par mes jeunes nièces et petits-cousins. On se mit en route en riant, criant, gambadant et chantant. Le village était à moins d'un kilomètre de la maison en passant par les sentiers de mes prairies.

Notre arrivée bruyante fit sortir des guinguettes toute la jeunesse du pays. On s'occupa d'allumer le fanal, car il faisait nuit. On appela les ménétriers épars dans les cabarets. Les jeunes gens que j'avais amenés se souciaient fort peu de prendre le café, ils voulaient danser. Le personnel de la fête s'était beaucoup éclairci. La danse abandonnée se réorganisait comme il arrive quand la faim est apaisée et que la soirée commence.

Dans ce quart d'heure d'attente impatiente et de joyeux désordre, je me trouvai seul quelques instants sur la terrasse du père Rosier. Cette terrasse était un petit jardin planté de noisetiers au versant de la colline et porté par le dernier degré du roc à deux mètres perpendiculaires au-dessus du niveau de la place où l'on dansait. C'était le plus joli endroit du monde pour voir l'ensemble de la petite fête. Trois lanternes bleues cachées dans le feuillage simulaient un clair de lune et permettaient de s'y reconnaître ; mais rien encore n'était allumé, et je me trouvais dans l'obscurité, attendant qu'on me servît, lorsque je sentis une personne se glisser près de moi et me toucher légèrement l'épaule.

— Ne dites rien, mon oncle, c'est moi, Émilie.

— Et que fais-tu là, chère enfant ? Je te croyais rentrée chez toi ?

— Je suis rentrée… et ressortie, mon oncle. Sommes-nous seuls ici ?

— Oui, pour le moment, mais parlons bas.

— Oui, certes ! Eh bien ! sachez que je n'ai pas retrouvé Marie à Vignolette. Nicole m'a dit que la Charliette était venue en mon absence, et qu'elles étaient sorties ensemble.

— Eh bien ! tu crois qu'elles sont ici ?

— Oui, je le crois, et je les cherche.

— Comme cela, toute seule au milieu de ces paysans avinés qui ne te connaissent pas tous, car il en vient ici de tous côtés ?

— Je ne crains rien, mon oncle. Il y en a assez qui me connaissent pour me protéger au besoin. D'ailleurs Jaquet doit être là, et je pensais bien que vous y viendriez.

— Alors ne me quitte pas et laisse ta folle courir les aventures : il n'est pas juste que, pour sauver une personne qui ne veut pas qu'on la sauve, tu t'exposes, toi, la raison même, à quelque insulte. Reste près de moi. Je te défends de t'occuper de mademoiselle Marie. Jacques est là pour s'en occuper à ta place et à sa manière.

— Jacques ne la connaît pas, mon oncle ! Je vous assure…

J'interrompis Miette en lui faisant signe d'observer un couple qui se glissait furtivement le long du rocher, au-dessous de nous, dans l'ombre épaisse que les noisetiers projetaient sur les plans inférieurs. J'avais reconnu la voix de Jacques. Nous restâmes immobiles, prêtant l'oreille, et nous entendîmes le dialogue suivant.

— Non, je ne veux pas rentrer encore. Je veux danser la bourrée avec vous. Il fait nuit, et d'ailleurs personne ne me connaît.

— On va allumer, et tout le monde vous remarquera.

— Pourquoi ?

— Vous le demandez ? Croyez-vous qu'il y ait ici une autre paysanne aussi blanche, aussi mince et aussi jolie que vous ?

— Vous me faites des compliments ? Je le dirai à Miette.

— Ne vous vantez pas de me connaître !

— Il n'y aurait pas de quoi, n'est-ce pas ?

— Méchante ! allons, rappelons la Charliette, et allez-vous-en.

— Méchant vous-même ! Pouvez-vous me faire ce chagrin-là ?

— Mon oncle est ici, et vous savez qu'il est l'avocat de votre belle-mère.

— Ça m'est égal, il sera le mien si je veux ! Quand il me connaîtra, il sera pour moi. Vous-même l'avez dit. Allons, Jacques, voilà les cornemuses qui arrivent. Je veux danser.

— C'est donc une rage ?

— Oh ! danser la bourrée comme dans mon enfance ! Avoir été dix ans au cachot, sortir du froid de la mort, et se sentir vivre, et danser la bourrée ! Jacques, mon bon Jacques, je le veux !

Les cornemuses qui se mirent à brailler interrompirent la conversation ou l'empêchèrent de monter jusqu'à nous. On alluma enfin le fanal, et le jardin du père Rosier s'illumina aussi. Je vis tous mes convives, ceux qui ne dansaient pas, prendre le café que j'avais commandé, tandis que les jeunes, répandus sur la place, invitaient leurs danseuses.

Je m'éloignai de quelques pas avec Émilie, de manière à prolonger mon tête-à-tête avec elle sans cesser d'observer la place. Dès que le fanal se décida à briller, nous vîmes très distinctement le grand Jacques bondir à la danse en enlevant dans ses bras une svelte et jolie paysanne très gracieusement requinquée.

— C'est bien elle ! me dit Émilie consternée ; c'est Marie déguisée !

— Commences-tu à croire qu'elle connaît un peu ton frère ?

— J'ai été trompée, mon oncle, ah ! bien trompée ! et c'est très mal, cela !

— Et à présent que comptes-tu faire ?

— Attendre qu'elle ait passé sa fantaisie, l'aborder, lui parler doucement comme à une fille à mon service, et la ramener chez moi avant qu'elle ait été trop remarquée.

— Attends que je la regarde, moi.

— La trouvez-vous jolie, mon oncle ?

— Ma foi oui, diablement jolie, et elle danse à ravir.

— Regardez-la bien, mon oncle, vous verrez que c'est une enfant et qu'elle ne sait pas ce qu'elle fait. Elle n'a pas l'idée du mal, je vous le jure. Qu'elle ait connu Jacques à mon insu, qu'il l'ait aidée à se sauver, qu'il l'ait accompagnée à Paris comme vous le supposiez, qu'il l'ait amenée jusqu'à ma porte, qu'il l'ait revue depuis en secret,… qu'ils s'aiment, qu'ils se soient fiancés, qu'ils aient menti pour éviter l'obstacle de mes scrupules, tout cela c'est possible.

— C'est même certain maintenant.

— Eh bien ! mon oncle, n'importe ; Marie est toujours pure et plus ignorante que moi, qui sais de quels dangers une fille de vingt-deux ans doit se préserver, tandis qu'elle,… elle a toujours douze ans ! Le couvent ne lui a rien enseigné de ce qu'il faudrait qu'elle sût maintenant. Je l'ai retrouvée telle que je l'avais quittée au couvent de Riom, aimant le mouvement, le bruit, la liberté, la danse, mais ne se doutant pas qu'elle puisse devenir coupable, et ne pouvant pas avoir permis à Jacques de le devenir auprès d'elle.

— Et pourtant, ma chère Miette, au couvent de Riom, à quatorze ou quinze ans, mademoiselle de Nives avait un amoureux qui lui écrivait des lettres sans orthographe, et cet amoureux, c'était Jacques !

— Non, mon oncle, cet amoureux,… faut-il vous le dire ? c'était bien innocent, allez !

— Dis-moi tout !

— Eh bien ! cet amoureux c'était votre fils, c'était Henri !

— Parles-tu sérieusement ?

— Oui, j'ai vu les lettres et j'ai reconnu l'écriture. Henri était alors au collège, mur mitoyen avec notre couvent ; ces écoliers jetaient des balles par-dessus les murs et ils y cachaient des lettres, des déclarations d'amour, bien entendu, en prose ou en vers, avec de fausses signatures et des adresses dont le nom était mis au hasard : Louise, Charlotte, Marie. Henri se plaisait à ce jeu, il excellait à écrire en style de cordonnier avec l'orthographe à l'avenant. Il signait Jaquet, et adressait ses billets burlesques à Marie, qui s'en moquait. Il savait son petit nom, qu'il entendait crier dans notre jardin ; mais il ne s'inquiétait pas de savoir si elle était jolie, car ni dans ce temps-là ni depuis il n'a vu sa figure. C'est lui qui, en riant, m'a raconté tout cela par la suite.

— Tu es sûre qu'il ne l'a jamais vue ? Moi, j'en doute, regarde, Miette, regarde !

La bourrée était finie, on allait en recommencer une autre, et au moment où Jacques allait emmener sa danseuse, Henri, s'adressant à elle, l'invitait pour la bourrée suivante. Elle acceptait malgré la visible désapprobation de Jacques. Elle prenait le bras de mon fils et se mettait à sauter avec lui d'aussi bon cœur qu'avec mon neveu.

— Eh bien ! qu'est-ce que cela prouve ? me dit la bonne Émilie sans aucune velléité de dépit. Henri a remarqué cette jolie fille, il s'est dit que, puisque Jacques la faisait danser, il pouvait bien l'inviter aussi. Laissez-moi me rapprocher d'elle, mon oncle, car elle commence à faire sensation, et tout le monde voudra l'inviter tout à l'heure. Il faut que je l'emmène. La Charliette est là, je la vois, mais elle la gâte et la laissera s'exposer trop longtemps aux regards.

— Va donc, mais tout ceci m'ennuie considérablement ! Le diable soit de cette demoiselle, qui te causera mille soucis, qui te compromettra, c'est presque certain, et qui, en attendant, danse avec Henri, tandis que, sans sa présence chez toi, il eût su renouer les liens tendres et sérieux de votre affection mutuelle, et qu'aujourd'hui il eût ouvert le bal avec sa fiancée, au lieu de danser avec une inconnue dont les beaux yeux l'émoustillent peut-être, mais ne sauront pas le charmer.

— Qui sait ? dit Miette avec un accent profond de résignation douloureuse.

— Qui sait ? m'écriai-je. Moi je sais que je ne souffrirai pas la moindre coquetterie entre ton fiancé et la maîtresse de ton frère !

— Mon oncle, ne la perdez pas ! reprit vivement la généreuse fille. Elle n'est la maîtresse de personne et elle est libre ! Quoi qu'il arrive, j'ai promis de lui servir de sœur et de mère. Je tiendrai ma parole.

Un incident inattendu nous interrompit. Jacques Ormonde, voyant mademoiselle de Nives lancée et craignant les suites de son imprudence, avait imaginé un moyen d'interrompre le bal. Il avait, comme pour allumer son cigare, grimpé au fanal et, comme par mégarde, il l'avait éteint, plongeant l'assemblée dans l'obscurité. Il était descendu en lançant un retentissant éclat de rire simulé et s'était perdu dans le petit tumulte provoqué par l'accident. Il y eut quelques instants de stupeur et de désordre : les uns continuaient la danse en feignant de se tromper de danseuse, d'autres cherchaient de bonne foi la leur. Quelques honnêtes filles effarouchées s'étaient retirées près de leurs parents ; d'autres, plus hardies, riaient et criaient à tue-tête. J'étais descendu de la terrasse avec Miette ; au moment où le fanal fut rallumé, nous vîmes Jacques errant, désappointé, cherchant dans les groupes ; Henri et mademoiselle de Nives avaient disparu avec ou sans la Charliette.

Je vis alors que Miette aimait toujours Henri, car de grosses larmes brillèrent un instant sur ses joues. Elle les essuya à la dérobée, et, se tournant vers moi :

— Il faudrait, me dit-elle, empêcher Jacques de chercher. Il ne sait pas dissimuler, on s'apercevra de son inquiétude.

— Sois tranquille, lui répondis-je, Jacques sait très bien dissimuler ; tu ne devrais plus en douter à présent. Il se gardera bien, fût-il jaloux, de chercher noise à Henri, car ce serait tout trahir ou tout avouer. Si mademoiselle de Nives a choisi Henri pour son cavalier et qu'il la reconduise à Vignolette, il ne te convient pas de te montrer à eux comme une fiancée inquiète ou jalouse.

— Non, certainement, mon oncle, je ne suis ni l'une ni l'autre, mais…

— Mais voici Jacques qui s'aperçoit de ta présence et qui vient à nous. Ce n'est pas le moment des explications ; fais semblant d'ignorer tout. Tout à l'heure, c'est moi qui le confesserai.

— Je ne m'attendais pas au plaisir de te voir ici, dit Jacques à Émilie, tu m'avais assuré ne pouvoir venir à la fête.

— J'arrive, répondit Miette ; j'avais quelque chose à dire à mon oncle. Je savais qu'il serait ici ce soir.

— Et tu n'as vu… que lui ? dit Jacques tout éperdu.

— Que lui ? si fait, j'ai vu beaucoup de monde.

— J'ai cru que tu cherchais quelqu'un ?…

— Je n'ai cherché que mon oncle, et, tu vois bien, je l'ai trouvé. Qu'as-tu, et pourquoi as-tu l'air si inquiet ?

Jacques vit qu'il se trahissait, et il se hâta de répondre gaîment :

— Moi, je ne suis inquiet de rien ! Je cherche Henri pour qu'il me fasse vis-à-vis à la danse… avec toi, si tu veux.

— Merci, je me retire. Ma carriole m'attend là-bas sous les pins. Je te prie d'aller dire à mon vieux Pierre de brider la jument. Je te suis.

— Pourquoi t'en aller tout de suite ? demandai-je à ma nièce aussitôt que Jacques fut parti en avant, Henri est sans doute par ici, et, si tu le désirais, il te ferait danser.

— Mon oncle, Henri est parti avec Marie, il la reconduit à Vignolette.

— C'est possible, tout est possible ; mais, réflexion faite, c'est invraisemblable ; tu disais qu'ils ne se connaissaient pas ! Juges-tu maintenant ta protégée assez folle et assez imprudente pour avoir mis Henri dans sa confidence ?

— Je ne sais plus rien, mon oncle, je ne la comprends plus !

— Elle est coquette et légère, cela se voit ; pourtant…

— Ils se sont parlé avec beaucoup de vivacité pendant la bourrée, et hier Marie a écrit une lettre qu'elle a remise en grand secret au facteur.

— Tu supposes… quoi ?

— Marie est très préoccupée de vous voir et de vous consulter. J'ai dû lui dire votre refus. Elle m'a alors questionnée plus qu'elle ne l'avait jamais fait sur Henri, sur son caractère, sur l'influence qu'il doit avoir sur vous. Je ne serais pas étonnée maintenant s'il était chargé par elle de vous demander une entrevue.

— Si elle lui avait écrit hier, il m'eût parlé d'elle aujourd'hui. Je crois que tu te trompes ; quoi qu'il en soit, nous verrons bien ! Si elle l'a pris pour intermédiaire, il me parlera d'elle ce soir ; à présent que veux-tu faire ?

— Rentrer chez moi tout doucement, au petit pas. Je veux donner le temps à Marie, qui, je suppose, s'en va à pied, de retourner à Vignolette, de quitter son déguisement et de se coucher sans me rien dire, si bon lui semble. Vous comprenez, mon oncle ! Si elle me confesse son coup de tête, j'aurai le droit de la gronder et de l'interroger. Si elle veut me le cacher, je ne peux pas le lui reprocher sans la fâcher et l'humilier beaucoup. Songez qu'elle est chez moi et n'a pas d'autre asile : si je l'offensais, elle me quitterait, et où donc irait-elle ? Chez cette Charliette, que je crois capable de tout ? Non, je ne veux pas qu'elle me quitte, elle se compromettrait, elle donnerait à sa belle-mère les moyens de la perdre de réputation !

— En ceci comme en tout, tu es aussi sage que généreuse, mon Émilie. Ne lui dis donc rien, si elle est assez niaise pour vouloir te duper ; mais je parlerai à mon Jaquet, moi ! Sois tranquille, il ne saura pas que tu as entendu sa conversation avec la donzelle !

Justement nous arrivions sous les pins, où, faute de place dans les auberges, nombre de chevaux étaient attachés aux arbres, Jaquet ne s'occupait pas beaucoup d'avertir le vieux domestique de sa sœur. Il allait furetant de tous côtés, cherchant toujours mademoiselle de Nives, fort empêché de se renseigner autrement que par ses yeux, qui ne lui servaient guère dans l'ombre épaisse de la pinède. Forcé d'accourir à mon appel, il m'aida à embarquer Émilie.

Je le pris alors par le bras, et, l'emmenant dans une allée déserte, je débutai ainsi :

— Voyons, mon garçon, que comptes-tu faire et à quoi aboutira cette belle intrigue ?

En trois mots, je lui prouvai que je savais tout et qu'il était parfaitement inutile de nier.

Il respira fortement et répondit :

— Ouf ! mon oncle, vous me confondez ; mais vous me délivrez d'un supplice, et, sauf à être bien grondé, j'aime mieux avoir à vous dire la vérité. Voici l'histoire de mes amours avec mademoiselle de Nives.

Chapitre XI

« Quand elle était au couvent à Riom, j'étais déjà amoureux d'elle. J'étais sorti depuis longtemps du collège ; Henri y était encore. J'allais commencer mon droit, partir pour Paris. Je finissais mes vacances à notre maison de ville, et, d'une des lucarnes du grenier, je voyais mademoiselle de Nives se mettre assez souvent à la fenêtre de sa cellule donnant sur le jardin du couvent. Elle n'avait guère que quatorze ans, c'est vrai, mais elle était déjà jolie comme un ange, et, à l'âge que j'avais, toute admiration pour la beauté peut bien s'appeler de l'amour. Seulement j'étais encore trop niais avec les personnes de sa condition pour oser lui faire comprendre ma passion, et si par hasard elle tournait la tête de mon côté, vite je me cachais pour qu'elle ne me vît point. » Un dimanche, Henri, qui venait me voir, ne me trouvant pas dans la maison, s'imagina de me chercher jusqu'au grenier, où il me surprit en contemplation, et se moqua beaucoup de moi. Je l'emmenai vite. Il ne vit pas celle qui me charmait ; mais, comme il me taquinait avec ses épigrammes, je lui laissai savoir que j'étais épris d'une certaine Marie qui était dans le couvent. Le malicieux gamin s'imagina alors de lui écrire des lettres ridicules qu'il signa Jacques, et dont elle se moqua imprudemment avec ses compagnes. Elles en rirent trop haut ; les religieuses firent le guet et saisirent les balles élastiques où se cachaient les billets doux lancés par-dessus le mur du collège. Madame de Nives fut informée de cette grave affaire. Ce fut pour elle un prétexte pour transférer Marie au couvent de Clermont, où elle a passé une jeunesse des plus malheureuses.

» Elle vous dira elle-même ce qu'elle a souffert, mon oncle, car elle veut absolument vous voir et vous demander conseil et protection. Il faudra bien que vous l'écoutiez. Moi, pendant ce temps-là, je l'oubliais bon gré, mal gré, car j'étais à Paris, et mes rêves d'enfant faisaient place à des réalités plus sérieuses. Pourtant je n'étais pas sans savoir combien cette pauvre demoiselle était à plaindre par ma faute et par celle d'Henri. Il n'en savait rien, lui, Miette n'en parlait qu'à moi, et quelquefois elle me montrait des lettres de son amie qui me faisaient grand'peine ; mais que pouvais-je faire pour réparer le mal ? Je n'étais pas un parti pour elle, je ne pouvais pas demander sa main ; d'ailleurs la comtesse ne voulait pas la marier. Elle prétendait la forcer à se faire religieuse, tout en disant que c'était sa belle-fille qui avait cette vocation et repoussait toute idée de mariage.

» Le hasard seul pouvait amener les événements qui sont survenus. Je me suis trouvé pris sans réflexion dans un roman, et il m'a fallu accepter le rôle qui m'a été départi.

» Il y a deux ans, j'étais à Clermont pour une autre affaire de cœur, que je n'ai pas besoin de vous dire ici, – avec une femme mariée. C'était pendant les assises, tous les hôtels étaient pleins. Je m'en allais par les rues, ma valise à la main, cherchant un gîte, lorsque je me trouvai en face de la Charliette. Je ne savais que vaguement que cette femme, mariée et établie à Riom, avait été la nourrice de mademoiselle de Nives, et j'ignorais qu'elle lui fût restée fidèle comme un chien l'est à son maître. Je ne savais même pas que, par dévouement pour elle, elle se fût fixée depuis à Clermont avec son mari. Je vous le répète et je vous le jure, mon oncle, c'est le hasard qui a tout fait en ce qui me concerne. » La Charliette a été jolie ; elle a encore une figure agréable et fraîche. J'avais été galant avec elle à l'âge où l'on n'a pas encore l'esprit d'être autre chose. Nous nous connaissions donc fort honnêtement, et je fus aise de la rencontrer. Je lui fis part de mon embarras et lui demandai si elle connaissait quelque chambre meublée où je pusse me réfugier.

— Vous n'irez pas loin, me répondit-elle ; moi, j'ai une chambre meublée très propre dont je ne me sers point et pour laquelle je ne vous demande rien, trop heureuse de rendre service à un *pays*, et surtout au frère de mademoiselle Miette, qui est si bonne et si serviable. Venez voir si le logement vous convient.

» Je la suivis dans une ruelle étroite et sombre qui longeait de grands murs, et j'entrai dans une vieille maison plus pittoresque qu'avenante ; mais la chambre en question était fort propre, et le mari de la Charliette me l'offrit de si bon cœur, que, pour ne pas chagriner ces braves gens, je m'y installai tout de suite. Je voulais aller chercher mon dîner dans quelque hôtel ; ils n'y voulurent pas consentir. La Charliette me dit qu'elle avait jadis fait la cuisine au château de Nives, et qu'elle me servirait des repas dignes de moi. En effet sa cuisine était excellente ; mais je ne suis pas aristocrate, moi, et je n'aime pas à manger seul. Je n'acceptai qu'à la condition d'avoir mes hôtes à ma table et de les voir servis à mes frais aussi largement que moi-même.

» La nuit venue, je sortis en emportant une clef de la maison, et j'allai à un rendez-vous. Ceci ne vous intéresse pas, mon oncle, mais je suis forcé de vous le dire pour vous expliquer la conversation que j'eus le lendemain soir avec la Charliette.

» Son mari était descendu à l'atelier, et je restai attablé avec elle, savourant une eau de coing de sa façon qui était vraiment délicieuse, dix ans de bouteille au moins, lorsqu'elle me dit :

» — Vous allez donc encore courir ce soir et rentrer à des trois heures du matin ? Pauvre garçon ! vous vous ruinerez le corps à ce métier-là, et vous feriez mieux de vous marier. Est-ce que vous n'y songez point ?

» — Ma foi non, répondis-je. Je n'ai pas fini d'être jeune.

» — Mais quand vous ne le serez plus, il sera trop tard, et vous ne trouverez plus que du rebut. Si vous vouliez devenir raisonnable, pendant que vous êtes encore jeune et beau, je vous trouverais peut-être un parti au-dessus de toutes vos espérances.

» Je me moquai d'abord de la Charliette, mais elle m'en dit tant que je fus forcé de l'entendre. Il s'agissait d'une fortune de plus d'un million, une jeune fille noble que je connaissais déjà, puisque j'avais été amoureux d'elle.

» — Ah çà ! lui dis-je, est-ce qu'il s'agirait par hasard de la petite de Nives ?

» — La petite de Nives, répondit-elle, est maintenant une jeunesse de dix-neuf ans, belle et bonne comme un ange.

» — Mais elle est au couvent ?

» — Oui, de l'autre côté de ce mur contre lequel vous vous appuyez.

» — Allons donc !

» — C'est comme je vous le dis. Cette vieille maison où nous sommes fait partie des dépendances du couvent. Je m'y suis établie comme locataire peu après l'époque où mademoiselle Marie y a été enfermée. Je le lui avais promis, et nous étions d'accord sur la manière de nous conduire. Je ne pouvais pas cacher que j'avais été sa nourrice, mais j'ai su jouer mon rôle. Les religieuses, qui voulaient la contraindre à prendre le voile, se méfiaient un peu de moi quand je leur demandai de l'ouvrage, et elles me tâtèrent adroitement pour savoir si je n'encouragerais pas la résistance de leur pensionnaire. Je fus plus fine qu'elles ; je leur répondis que Marie avait grand tort, que l'état le plus heureux était le leur et que j'avais toujours agi dans ce sens auprès d'elle. On nous mit en présence ; nous étions sur nos gardes : elle m'accueillit très froidement, et je le pris avec elle sur le ton aigre d'une dévote qui sermonne. Elle m'envoya promener. La farce était jouée. La communauté me prit en grande estime et me confia le blanchissage du linge de la chapelle. Je m'en tirai si bien, et j'eus soin de me montrer si assidue aux offices du couvent, que je fis bientôt partie du personnel de service de la communauté. Je suis libre d'y circuler et de communiquer librement avec Marie. Si vous voulez monter l'escalier avec moi, je vous montrerai un secret que vous ne trahirez pas. Votre sœur est la meilleure amie de ma chère petite, et vous ne voudriez pas ajouter à son malheur.

» Je jurai de garder le secret, et je montai un petit casse-cou d'escalier à la clarté d'une chandelle que tenait la Charliette. Je me trouvai dans un vieux grenier où, sur des cordes tendues, séchaient des aubes, des surplis, des linges brodés ou garnis de dentelles.

» — Voyez, me dit la Charliette, voilà mon ouvrage et mon profit. MM. les abbés qui desservent la chapelle de ces dames disent que nulle part on ne leur offre des ornements si blancs, si bien empesés et sentant si bon ; mais ça ne vous intéresse pas : attendez ! vous êtes ici dans l'intérieur, ou peu s'en faut, du couvent, car la porte que vous voyez là, au-dessus de ces quatre marches tournantes, communique tout droit avec le clocheton du carillon qui annonce les offices. Mon mari, qui est pieux pour tout de bon, a été agréé dans la maison pour entretenir et au besoin réparer ces clochettes. Il a une clef de cette porte et ne me la confierait pour rien au monde pendant la nuit ; mais il faut bien qu'il dorme, le cher homme, et quand je voudrai, j'aurai cette clef. Et quand Marie voudra, elle passera par cette porte pour prendre la clef des champs ! M'entendez-vous à présent ?

» Je n'entendais que trop, et la pensée d'une si belle aventure me rendait presque fou. Mes amourettes en ville ne me paraissaient plus rien que du chiendent, et je ne sortis pas cette nuit-là. Je ne fis que causer avec la Charliette, qui était revenue me trouver après le coucher de son mari. Cette diable de femme me montait la tête, et je ne veux rien vous cacher, mon oncle, si la chose eût été possible en ce moment-là, j'enlevais tout de suite, sauf à réfléchir après.

» Mais il fallait que mademoiselle de Nives y consentît, et elle n'était avertie de rien. L'idée de la Charliette avait été improvisée en me voyant. J'avais plusieurs jours devant moi pour reprendre mes esprits, et il me vint une foule d'objections. Cette demoiselle qui ne me connaissait pas, qui n'avait sur mon compte d'autres notions que le souvenir des lettres ridicules qu'elle m'attribuait peut-être encore, cette fille noble, si riche et probablement si fière, rejetterait à coup sûr les insinuations de la Charliette... Quelle fut ma surprise lorsque le lendemain soir la Charliette me dit :

» — Tout va bien, elle n'a pas dit non ; elle veut vous voir auparavant, car elle sait bien que vous passez pour le plus bel homme de notre pays, mais elle ne vous a jamais vu. Allez demain dimanche à la messe de la communauté ; elle sera derrière le rideau, placée de manière à pouvoir vous regarder ; seulement, ayez l'air très recueilli, et ne levez pas les yeux de votre livre d'heures. Je vous en prêterai un ; d'ailleurs je serai à côté de vous pour vous surveiller. Il faut de la prudence.

» Je fus très prudent, personne ne fit de remarques sur mon compte, et Marie me vit fort bien. Dans la soirée, la Charliette me remit une lettre d'elle que je sais à peu près par cœur.

» — Ma bonne amie, je l'ai vu ; je ne sais pas s'il est beau ou s'il est drôle, je ne m'y connais pas ; mais il a l'air bon, et je sais par sa sœur qu'il est excellent. Quant à l'épouser, cela demande réflexion. Dis-lui de revenir dans un an : s'il est décidé, je le serai peut-être ; mais je ne m'engage à rien, et je tiens à ce qu'il le sache. »

» J'aurais bien voulu une épreuve moins longue, mais j'abrège pour ne pas vous fatiguer. La Charliette ne put obtenir une meilleure réponse, et je m'en revins au pays très occupé de mon roman. Je ne veux pas mentir et me faire passer pour un saint ; j'eus bien encore quelques plaisirs, mais je n'en étais pas moins pris dans le fond du cœur, et au bout de l'année d'épreuve, c'est-à-dire l'année dernière, je m'en retournai très mystérieusement à Clermont, où j'avais rompu avec toute autre affaire, et j'allai m'installer sans bruit chez la Charliette.

» D'après l'ordre formel de Marie, je n'avais rien dit à ma sœur ; Miette n'eût d'ailleurs pas voulu plaider ma cause, j'en avais la certitude. Je savais seulement par elle que Marie lui avait confié son désir de fuir le couvent, et qu'Émilie l'avait suppliée de prendre patience jusqu'à sa majorité, lui offrant un asile chez elle aussitôt qu'elle serait libre légalement. Cela ne faisait pas mes affaires ; Marie, n'ayant plus besoin de mon secours dès qu'elle serait majeure, n'aurait pas la moindre raison pour me choisir plutôt qu'un autre.

» Pourtant ma soumission à l'épreuve imposée et ma fidélité à revenir prendre ses ordres à l'heure dite plaidèrent pour moi. J'eus cette fois une entrevue avec elle dans le grenier de la Charliette. Je fus ébloui de sa beauté, elle était habillée en novice, blanche de la tête aux pieds et aussi pâle que sa guimpe ; mais quels yeux, quelle bouche, quelles mains ! Je me sentis fou d'amour, et, malgré la présence de la Charliette, qui ne la quitta pas, je sus le lui dire.

» — Voilà ce que je craignais, me dit-elle, vous avez compté sur le retour, et, si je ne vous dis pas oui tout de suite, vous allez me haïr !

» — Non, lui dis-je ; je souffrirai beaucoup, mais je me soumettrai encore un peu.

» — Un peu seulement ? Eh bien ! écoutez, je crois en vous maintenant, et je compte sur vous pour m'aider à fuir ce couvent, où je me meurs, vous le voyez bien ; mais je n'ai pas le désir de me marier encore, et je ne puis agréer qu'un homme qui m'aimera avec le désintéressement le plus absolu. Si vous êtes cet homme-là, ce sera à vous de me le prouver et de me porter secours sans condition aucune.

» Cet arrêt ne m'effraya pas ; c'est bien le diable si on ne sait pas se faire aimer quand on le veut, et qu'on n'est pas plus vilain qu'un autre. Je jurai tout ce qu'elle exigea. Elle me dit qu'elle voulait, au sortir du couvent, se réfugier chez Miette, et m'y voir en secret afin de me mieux connaître ; mais elle savait que Miette serait contraire à tout projet d'union entre nous. Il me fallait donc ne lui en rien laisser pressentir. De son côté, Marie s'assurerait de son consentement à la recevoir.

» — Je ne vous fixe plus d'époque, ajouta-t-elle, j'ai fait l'épreuve de votre honneur et de votre dévouement. Quand les circonstances me permettront de reconquérir ma liberté, je vous enverrai ce petit anneau que vous voyez à mon doigt. Cela voudra dire : « Je vous attends, conduisez-moi à votre sœur. »

» Depuis cette entrevue, j'ai été passionnément amoureux de Marie, et je vous jure, mon oncle, que je ne me suis occupé d'aucune autre femme. Ma seconde épreuve a été bien plus longue que je ne pensais, presque aussi longue que la première. J'ai su par la Charliette, qui est venue passer un jour à Riom, que Miette insistait dans ses lettres pour que Marie attendît sa majorité. C'est par la Charliette que les deux amies correspondaient.

» Voyant approcher cette époque, j'étais tout à fait découragé. Je me disais que, n'enlevant pas, je ne serais jamais qu'un ami ; mais, il y a deux mois, un beau matin, je reçois l'anneau d'or mince comme un cheveu, bien plié dans une lettre ! Je pars, je cours, je vole, j'arrive au rendez-vous. »

— Et tu enlèves ? Alors l'histoire est finie ?

— Non, mon oncle, elle commence.

— J'entends bien ; mais il y a des confidences que je ne veux pas recevoir, ou des vanteries que je ne veux pas entendre.

— Ni l'un ni l'autre, mon oncle ; je vous dirai la vérité. Mademoiselle de Nives a toujours droit au respect.

— Ça ne me regarde pas.

— C'est-à-dire que vous doutez ! Eh bien ! me croirez-vous quand je vous dirai que je me suis comporté, non comme Polichinelle, auquel vous me faites l'honneur de me comparer souvent, mais comme Pierrot, qui tire les marrons du feu pour...

— Pour qui ?

— Pour Arlequin.

— Qui est Arlequin ?

— Vous ne devinez pas ?

— Non, à moins que tu ne sois jaloux d'Henri parce qu'il a fait danser la jolie paysanne de ce soir ?

— Oui, j'en suis très jaloux, parce qu'il y a autre chose.

— Alors raconte, j'écoute encore.

— Je reprends. « J'arrive à Clermont *incognito*. Je descends ou plutôt je m'insinue ; je me glisse de nuit chez la Charliette ; je lui exprime ma joie, ma reconnaissance.

» — Écoutez, me dit-elle, les belles paroles ne sont que des paroles. Me voilà engagée dans une affaire grave, et si mon mari ne me tue pas quand il saura à quel rôle je me suis prêtée, il me battra tout au moins. Vous allez enlever une fille mineure. Sa belle-mère va faire du scandale, un procès peut-être où je serai compromise, en tous cas chassée du couvent, où j'ai une bonne place, le moyen de gagner ma pauvre vie, quoi ! Je sais bien que mademoiselle Marie, qui est riche, me dédommagera généreusement de tout ce que j'aurai fait pour elle ; mais il y a mon mari, qui ne sait rien et qui ne se prêtera à rien, ce qui ne l'empêchera pas de perdre aussi la clientèle du couvent et d'être forcé, par le bruit qui va se faire, de changer de pays. Pour mon pauvre mari, qui ne se fera pas ailleurs une clientèle du jour au lendemain, ne ferez-vous pas, de votre côté, quelque sacrifice ? Je ne connais pas les affaires, moi, pauvre femme ; je ne sais pas si mademoiselle Marie sera maîtresse de me faire tout le bien qu'elle me veut, voilà pourquoi je vous ai mis en rapport avec elle, vous qui êtes riche et généreux. Pourtant les idées changent quelquefois ; si vous veniez à oublier ou à méconnaître mes services, vous ne vous êtes engagé à rien, vous ne m'avez rien offert, rien promis.

» Je vous fais grâce du reste, mon oncle. Vous avez dû prévoir en m'écoutant ce qui m'arrivait alors. Moi, j'étais assez simple pour n'y avoir pas songé. Je m'étais bien dit qu'il n'y a pas de désintéressement absolument platonique en ce monde, et que le jour où j'épouserais mademoiselle de Nives, nous aurions un beau cadeau de noces à faire à la bonne nourrice. C'était tout simple, ça se devait ; mais je n'avais pas prévu que d'avance cette femme me ferait des conditions et voudrait me faire signer un billet de vingt-cinq mille francs. J'hésitai beaucoup ; d'une part, il me répugnait d'acheter mon mariage à une entremetteuse ; de l'autre, il me répugnait également de marchander l'honneur et le plaisir d'enlever ma future. Je crus m'en tirer en promettant de verser une somme ronde à Paris dès que j'y aurais conduit mademoiselle de Nives. Rien n'y fit : la Charliette ne voulait se prêter à l'enlèvement qu'avec son billet en poche. Je pris la plume, et je commençai à rédiger une promesse conditionnelle. Point, la Charliette voulait la promesse sans condition. Elle prétendait, et elle avait raison jusqu'à un certain point, qu'un engagement rédigé de cette façon était compromettant pour elle, pour son mari et pour moi-même. Je devais, disait-elle, m'en rapporter à sa délicatesse pour voir déchirer le billet, si le mariage n'avait point lieu ; mais moi, je ne pouvais me résoudre à risquer de perdre vingt-cinq mille francs sans compensation, et nous nous séparâmes à minuit sans avoir rien conclu, la Charliette me disant que l'enlèvement aurait lieu la nuit suivante, si je cédais à ses exigences. » J'étais si agité, si perplexe, que je ne songeai point à me coucher. Ma fenêtre donnait sur un carré de choux entouré d'une petite palissade. D'un côté, c'était le jardin de la maisonnette louée par mes hôtes ; de l'autre côté, c'était le fond du potager du couvent. Il n'y avait qu'à enjamber. J'avais assez observé pour savoir le local par cœur. Du côté de la rue, notre petite cour avait une porte bien fermée et un mur très élevé, garni de tessons de bouteilles ; mais cette porte appartenait au logement de la Charliette, et la clef n'était pas gardée par le mari avec le même soin que celle du grenier. Elle restait souvent dans la serrure à l'intérieur. Il y avait donc peut-être moyen de fuir par là tout aussi bien que par le grenier et par la porte de la maison ; mais il eût fallu que mademoiselle de Nives fût prévenue et qu'elle put pénétrer du jardin dans le potager ; j'ignorais absolument si la chose était possible.

» À tout hasard, j'eus l'idée d'aller flairer la porte du petit grenier. Qui sait si je ne trouverais pas un moyen de l'ouvrir ? J'essayai de sortir. Je vis que la Charliette m'avait enfermé dans ma chambre, et que je ne pouvais pas faire sauter la serrure sans un grand bruit. Je tenais mon gros couteau de campagne tout muni d'instruments à toutes fins, et je marchais de la porte à la fenêtre sans aucun espoir de trouver une issue à ma situation, lorsque je crus voir une forme grisâtre glisser le long de la palissade, s'en éloigner et y revenir avec toutes les apparences de l'inquiétude. Ce ne pouvait être que mademoiselle de Nives. Je n'hésitai pas. Je fis avec mon cigare allumé des signes qui me parurent aperçus et compris, car la forme mystérieuse ne s'éloigna pas. Alors je pris lestement mes draps de lit, que je nouai bout à bout. Je les attachai comme je pus à ma fenêtre, située à environ six mètres du sol, et je me laissai glisser. Quand le drap manqua, je lâchai tout et me laissai tomber dans les choux, où je ne me fis aucun mal. Je courus à mademoiselle de Nives, car c'était bien elle ! D'un coup de pied j'enfonçai la palissade, je la pris par la main sans rien dire et je la conduisis sans bruit jusqu'à la porte qui donnait sur la rue. La clef n'était pas dans la serrure, et mon couteau n'était pas de taille à lutter contre cet antique et monumental ouvrage. Mademoiselle de Nives, étonnée de ce plan d'évasion, tout différent de celui qu'on lui avait annoncé, me demanda tout bas où était la Charliette.

» — Je vais la chercher, lui dis-je ; restez dans l'ombre et ne bougez pas !

» J'entrai dans l'atelier de l'artisan pour prendre un outil quelconque ; mais, comme je tâtonnais dans l'obscurité, une inspiration subite me rappela une circonstance insignifiante de ma première installation chez la Charliette. Ce jour-là, je lui avais demandé la clef de la cour pour aller à un rendez-vous et rentrer sans bruit. Elle m'avait dit en me la donnant :

» — Vous la remettrez, en rentrant, à un gros clou qui est au-dessus de l'établi de mon mari, afin qu'il ne s'aperçoive de rien. C'est un dévot qui se scandaliserait.

» Je cherchai aussitôt le clou où, deux ans auparavant, j'avais replacé cette clef. Elle y était en effet ; je la saisis en me recommandant au ciel pour que ce fût la même.

» C'était la bonne, c'était la même ! Elle tourna sans bruit dans la serrure, et moi, me voyant maître du champ de bataille en dépit de mes geôliers, je ne pus m'empêcher de dire en riant :

» — Tout va bien ! Mon hôte le serrurier tient en bon état tout ce qui est de son *ressort*.

» — Vous faites des calembours, dit mademoiselle de Nives stupéfaite, dans un pareil moment ? Vous êtes d'un beau sang-froid !

» — Non, je suis gai, fou de joie, répondis-je en refermant la porte avec précaution, mais il faut savoir ce qu'on fait.

» — Vous ne le savez pas ! vous oubliez la Charliette, qui doit m'accompagner !

» — Elle nous attend à la gare. Courons !

» — Je l'entraîne à travers les rues sombres et désertes, et nous arrivons bientôt à la gare du chemin de fer. Il n'était que temps.

Un train passait et s'arrêtait cinq minutes. Marie baisse son voile, je prends les billets, et je m'élance avec elle dans un compartiment vide.

» — Qu'est-ce que cela veut dire ? s'écrie-t-elle en se sentant emportée par la vapeur. Me voilà seule avec vous !

» — Oui, vous voilà seule avec moi pour voyager. Au dernier moment, la Charliette a manqué de courage, j'en ai eu pour deux. Avez-vous confiance en moi ? me regardez-vous comme un honnête homme ?

» — Vous êtes un héros, Jacques ! Je crois en vous. Partons ! Si la Charliette est lâche, je ne le suis pas, moi ; mais me voilà sans argent, sans paquets…

» — J'ai dans ma poche tout ce qu'il vous faut. Avec de l'argent, on trouve tout à Paris. Vous m'avez dit que vous me vouliez à vos ordres sans conditions, me voilà. Je n'aspire qu'à une récompense, votre estime ; mais je la veux entière : votre confiance sera la preuve que je l'ai obtenue.

» — Vous l'avez tout entière, Jacques. Je vous la donne devant Dieu, qui nous voit et nous entend !

» Dès lors… vous comprenez, mon oncle ? je me trouvai pris, et, dans la plus belle occasion de ma vie, condamné à n'en point profiter ! Ce fut une honte et un supplice ; cependant mademoiselle de Nives m'aida à me contenir par l'ignorance absolue où elle était de mes agitations. C'est une singulière fille, allez ! hardie comme un page, courageuse comme un lion, innocente comme un petit enfant. Pas un brin de coquetterie, et pourtant une irrésistible séduction dans sa franchise et sa simplicité. Elle a lu, dans le vieux château de son père, des romans de chevalerie, je crois bien qu'elle n'a jamais lu autre chose, et elle s'est toujours imaginé que tout honnête homme était facilement et naturellement un parfait chevalier des anciens temps. Elle croit que la chasteté est aussi facile aux autres qu'à elle-même. Je la connus jusqu'au fond du cœur en deux heures de conversation, et plus je me sentis amoureux, plus il me fut impossible de le lui dire. Je ne pus que protester de mon dévouement et de ma soumission ; mais d'amour et de mariage, je vis bien qu'il n'en fallait pas lâcher un mot.

» Dès que le train fut assez lancé pour qu'elle ne pût songer à me quitter, je voulus lui dire la vérité, et je lui racontai ma scène avec la Charliette.

» — Quand j'ai vu, ajoutai-je, que cette femme voulait m'exploiter, j'ai perdu toute confiance en elle. J'ai craint que, ne pouvant vous rançonner aussi, elle n'allât vendre votre secret à la comtesse de Nives. J'ai refusé son secours et n'ai plus compté que sur moi-même pour vous délivrer. Il est vrai que le hasard m'a bien servi, car je ne sais pas encore pourquoi vous vous êtes trouvée derrière cette palissade.

» — Je vais vous le dire, répondit-elle. Tout était convenu pour mon évasion cette nuit même. J'étais déjà munie du déguisement d'ouvrière où vous me voyez. Je devais me trouver à minuit à la porte du grenier, ma cellule est très près de là, et il m'était facile de m'y rendre. J'y étais donc à minuit, mais je grattai en vain à cette porte, je frappai même avec précaution ; elle ne s'ouvrit pas, et rien ne me répondit. J'y restai un quart d'heure, dévorée d'inquiétude et d'impatience. Je me dis alors que le mari de la Charliette avait surpris notre secret et qu'il avait enfermé sa femme. Pourtant vous deviez être là, vous, et vous m'auriez parlé à travers la serrure. Au besoin, vous eussiez enfoncé la porte. Il fallait que quelque accident sérieux vous fût arrivé. Je ne peux pas vous dire ce que j'imaginai de tragique et d'effrayant. Je ne pus supporter cette angoisse, et je résolus d'entrer chez la Charliette par le potager afin de savoir ce qui se passait entre vous. J'ai escaladé un treillage le long du mur qui sépare notre parterre du potager. Je suis légère et adroite : parvenue au haut du mur et voyant un tas de paille, je m'y suis laissé tomber. C'est alors que, courant à la palissade, j'ai vu votre cigare briller dans l'obscurité, et vous en avez, à plusieurs reprises, tiré assez de bouffées lumineuses pour que j'aie compris que vous étiez là et que vous me voyiez. Quelle terreur j'ai eue en vous voyant descendre si hardiment par la fenêtre ! Enfin vous voilà, et ma nourrice m'abandonne ! Ce que vous me dites de sa cupidité m'afflige sans m'étonner beaucoup. Elle ne m'a jamais demandé d'argent, elle savait que je n'en avais pas ; mais elle savait aussi que j'en aurais un jour, et elle m'a fait comprendre souvent qu'elle avait droit à ma reconnaissance. Je ne suis pas disposée à l'oublier et je ne marchanderai pas avec elle ; mais, à partir d'aujourd'hui, je n'accepte plus ses services, et je la chasserai, si elle parvient à nous rejoindre.

» — Il ne faut pas qu'elle y parvienne ! Fiez-vous à moi pour rendre les recherches impossibles. Pourtant si, par miracle, elle vous retrouvait, ménagez-la et feignez d'ignorer ce que je vous ai dit ; autrement elle courrait vous dénoncer.

» Arrivés à Paris sans encombre, nous nous réfugiâmes dans le logement de Jules Deperches, mon meilleur ami là-bas, que j'avais depuis longtemps prévenu d'être prêt à me rendre un grand service. En galant homme, il nous céda son appartement sans faire la moindre question et sans voir le visage voilé de ma compagne. Je courus louer une chambre pour moi au plus prochain hôtel, et je laissai Marie se reposer.

» Le lendemain matin, je courais pour procurer du linge, des robes, chapeaux, bottines et pardessus à ma pauvre Marie, dénuée de tout. Je n'épargnai pas l'argent, je lui apportai une toilette délicieuse et une autre plus simple qu'elle m'avait demandée, ne voulant pas attirer l'attention sur elle.

» Je ne peux pas vous dire la joie d'enfant qu'elle éprouva à recevoir tous ces cadeaux et à regarder sa belle robe et sa riche lingerie, elle qui depuis des années portait la robe de bure des nonnettes. Je vis le plaisir qu'elle en ressentait, et je courus lui acheter des gants, une ombrelle, une montre, des rubans, que sais-je ! Elle trouva que j'avais du goût, et me promit de me consulter toujours sur sa toilette. Elle était absolument en confiance avec moi et m'appelait son frère, son cher Jacques, son ami. Les plus douces paroles sortaient de ses lèvres, ses yeux me caressaient ; elle me trouvait beau, aimable, brave, spirituel, charmant ; elle m'aimait enfin, et je crus pouvoir m'agenouiller devant elle et réclamer le bonheur de baiser sa main. » Mais comment pensez-vous qu'elle prit la chose ? Elle me tendit sa main, que je fis la sottise de vouloir baiser jusqu'au coude. Elle me la retira brusquement, d'abord fâchée ; puis, partant d'un éclat de rire nerveux :

— » Qu'est-ce que c'est que ces manières-là, mon cher Jacques ? me dit-elle. Je ne les connais pas, mais je sens que je ne les aime pas. Vous oubliez qui je suis ;… mais au fait vous ne le savez pas, et je vois qu'il est temps de vous le dire.

» Je ne suis pas ce que vous pensez, une fille avide de liberté et pressée de prendre un mari. Je ne suis pas du tout décidée au mariage. Je suis pieuse, dévote si vous voulez, et la vie de chasteté a toujours été mon idéal. Je n'ai pas été malheureuse au couvent par la faute des autres. C'est la règle qui était mon ennemie et mon bourreau. Il me faut du mouvement, de l'air, du bruit. Mon père était un cavalier et un chasseur ; je tiens de lui, je lui ressemble, j'ai ses goûts, la claustration me tue, j'ai horreur des couvents parce que ce sont des prisons où l'on m'a forcée de passer ma vie ; mais j'aime les religieuses quand elles sont bonnes, parce que ce sont des femmes pures et que leur renoncement aux douceurs de la famille me paraît œuvre de force et d'héroïsme. Je n'ai donc trompé personne quand j'ai dit, et je l'ai dit souvent, que j'aspirais à prononcer des vœux. Ma belle-mère a compté là-dessus ; aussi, quand j'ai refusé de m'engager tout à fait avant ma majorité, a-t-elle eu grand'peur de me voir disposer de ma fortune en faveur de quelque communauté, et s'est-elle un peu fâchée avec la supérieure des dames de Clermont, qui ne voulait pas me trop presser. Moi, j'avais mon idée que je n'ai dite à personne et que je songe encore à réaliser. Je veux ravoir mes biens, et peut-être alors fonderai-je une compagnie de saintes filles que j'établirai à Nives pour prendre soin des pauvres et des malades et pour élever les enfants. Elles ne seront pas cloîtrées, et nous courrons sans cesse la campagne pour porter des secours et faire de bonnes œuvres. De cette manière-là, il me semble que je serai parfaitement heureuse. J'appartiendrai à Dieu, et j'aurai pour règle unique la charité, sans m'enfermer vivante dans une tombe où le cœur risque de s'éteindre avec la raison. Vous voyez donc bien, mon bon Jacques, qu'il ne faut pas vous agenouiller devant moi comme devant une sainte, car je ne le suis pas encore, ni me baisotter les mains comme à une belle madame, car je ne le serai jamais.

» Voilà le thème de mademoiselle de Nives, et, si vous la voyez, vous saurez qu'elle ne veut pas se décider encore à le modifier. Vous me direz que c'était à moi, grand serin, de la faire changer de résolution. Croyez bien que j'y ai fait tout mon possible, mais que voulez-vous qu'on persuade à une femme quand on n'a que la parole à son service ? – Pardon, mon oncle, la parole est une belle chose quand on s'en sert comme vous ; moi, j'ai eu beau étudier pour devenir avocat, je parle toujours comme au village et je ne connais pas les subtilités qui persuadent. Une femme est un être naturellement ergoteur qu'on ne prend pas par les oreilles et qui ne cède qu'à un certain magnétisme quand elle ne se tient pas trop loin du fluide ; mais que faire avec une personne qui ne souffre pas la moindre familiarité, et qui a en elle un tel esprit de révolte et de lutte qu'il faudrait devenir une brute, un sauvage pour l'apprivoiser ?

» J'ai dû me soumettre absolument et devenir un Amadis des Gaules pour être souffert à ses côtés. Le pire de l'affaire, c'est qu'à ce jeu-là je suis devenu amoureux comme un écolier, et que la peur de la fâcher a fait de moi un souffre-douleur et un esclave.

» Avec cela, elle est pleine de contrastes et d'inconséquences. On l'a élevée dans le mysticisme, on s'est bien gardé de lui apprendre à raisonner. Toutes ses pensées étant tournées vers le ciel, elle joue avec les choses de la terre comme avec des riens charmants qu'elle laissera traîner dès que l'exaltation religieuse la portera ailleurs. Elle est folle de la danse, de la toilette et du plaisir. À Paris, dès le premier soir, elle voulut aller au spectacle et y retourner tous les soirs pour voir des décors, des ballets, l'opéra, la féerie. Point de pièces littéraires, point de drames de passion, encore moins de gravelures. Elle n'y comprenait goutte, elle y bâillait ; mais les palais enchantés, les grottes de sirènes, les feux de bengale, c'était de la joie, du délire. Je louais une baignoire bien sombre, je m'engouffrais là-dedans avec une perle de beauté, mise à ravir, et les ouvreuses, qui seules voyaient sa charmante figure dégagée de ses voiles épais, souriaient à mon bonheur, tandis que moi je jouais le rôle d'un grand cuistre condamné à expliquer les ficelles et les machines à une enfant de sept ans ! Vous riez, mon oncle, n'est-ce pas ? »

— Mais oui, je ris, je trouve que c'est la punition bien méritée d'un don Juan du quartier latin qui se mêle d'enlever une novice, sans se douter de quelle espèce d'oiseau il se charge ; mais allons au fait, a-t-elle consulté à Paris ?

— Parfaitement ! elle a, au nombre de ses bizarreries, l'intelligence surprenante des affaires et la mémoire facile des termes de droit qui s'y rattachent. Elle a consulté maître Allou et sait maintenant sa position sur le bout de son doigt.

— Fort bien ; mais lui a-t-elle dit qu'en se faisant enlever par un gros paladin fort connu au pays pour ses bonnes fortunes, elle a donné des armes contre elle à une belle-mère qui est encore sa tutrice, et qui peut la réclamer et la réintégrer de force au couvent, ne fût-ce que pour huit jours, avec toutes les fanfares d'un grand scandale ?

— Je ne crois pas qu'elle l'ait dit à son avocat, mais je pense qu'elle l'a dit à son confesseur, car elle a été prendre une consultation religieuse auprès d'un abbé très habile et très influent, lequel, en apprenant qu'elle avait plus d'un million à mettre au service de sa foi, l'a trouvée au-dessus de tout soupçon et à l'abri de tout danger. Seulement il lui a conseillé de se séparer de moi au plus vite et de se tenir cachée jusqu'au jour de sa majorité. Il ne lui a pourtant pas interdit de me garder pour frère et ami, car Marie, qui ne connaît pas mes fredaines passées, m'a probablement dépeint à lui comme un agneau sans tache capable de l'aider dans sa sainte entreprise. Bref, toutes ces démarches terminées, elle est remontée avec moi en chemin de fer, et après huit jours passés en tête-à-tête à Paris avec votre serviteur, elle est entrée à Vignolette par une belle nuit d'été, aussi pure et aussi tranquille qu'en sortant de son couvent.

— C'est donc toi qui l'as conduite chez ta sœur ? Je croyais qu'elle y avait été avec sa nourrice.

— Ah ! c'est que j'oubliais de vous le dire… comme nous descendions de wagon pour dîner à Montluçon, la Charliette s'est trouvée face à face avec nous. Elle allait à Paris pour tâcher de nous retrouver, et n'espérait pas nous rejoindre si tôt. Docile à mes conseils, Marie lui fit bon accueil.

» — Tu as donc eu peur au dernier moment ? lui dit-elle. Au fait, tout est mieux ainsi, tu n'es pas compromise, et tu peux me servir plus utilement que si tu m'avais suivie à Paris. Tu vas me conduire chez mademoiselle Ormonde, et tu resteras à Riom pour me renseigner sur les démarches de ma belle-mère.

» La Charliette l'a donc accompagnée à Vignolette et a été rejoindre son mari à Riom, où je l'ai rencontrée depuis. Nous avons eu une explication vive tous les deux. Naturellement elle est furieuse contre moi, qui ai si bien réussi à déjouer ses plans. Elle croyait d'abord que j'avais acquis sur mademoiselle de Nives des droits au mariage. Quand elle a su qu'il n'en était rien, elle a relevé la tête et m'a mis encore le marché à la main, prétendant que, selon ses prévisions, son mari chassé du couvent avait perdu sa position et rencontrait beaucoup d'obstacles pour reprendre celle qu'il avait précédemment occupée à Riom. Elle me menaçait, à mots couverts, de tout révéler à la belle-mère. J'ai dû financer d'autant plus que je crois l'honnête et pieux mari parfaitement d'accord avec la femme pour exploiter la situation sans avoir l'air d'en connaître le fond. Pourtant j'en ai été quitte à meilleur marché que le billet de vingt-cinq mille, et je me promettais, aussitôt la majorité atteinte, d'envoyer promener la nourrice. Malheureusement, et contre le gré de ma sœur, qui ne l'aime pas et s'en méfie, elle a revu très souvent Marie depuis qu'elle est à Vignolette. Elle a gardé fidèlement ses secrets, mais elle n'a pas manqué de me desservir auprès d'elle, et je suis certain qu'elle lui a suggéré de chercher un autre mari. De qui a-t-elle fait choix pour me supplanter, et sur qui fonde-t-elle son nouvel espoir de fortune ? Je ne sais qu'une chose : c'est que ce soir Henri a abordé mademoiselle de Nives comme une personne qui lui aurait donné rendez-vous, qu'ils se sont parlé bas avec beaucoup de feu pendant les repos de la bourrée, et qu'ensuite il a disparu avec elle. Moi qui croyais avoir si bien manœuvré en éteignant le fanal, j'ai eu là une belle idée ! Ils en ont profité pour se sauver ensemble ! »

— Où veux-tu qu'ils se soient sauvés ? Si c'est à Vignolette, je suis bien certain qu'Henri ne se permettra pas d'en franchir le seuil.

— C'est pourquoi je ne pense pas qu'ils y soient allés. Qui sait si Marie n'aura pas eu l'idée de rentrer au couvent pour passer régulièrement les derniers jours de sa minorité ?

— En ce cas-là, Henri lui aurait donné de meilleurs conseils que les tiens.

— Et sa position serait meilleure auprès d'elle, reprit Jacques avec un soupir.

— Tais-toi, lui dis-je. Quelqu'un nous appelle… et c'est la voix d'Henri.

Il nous eut bientôt rejoints.

— J'étais inquiet de toi, cher père, me dit-il. Tous nos parents sont partis, regrettant de ne pas te dire adieu. Ma mère t'attend encore chez Rosier.

— Et toi, lui dis-je, où as-tu donc été depuis deux heures que je te cherche ?

— Vous me cherchiez ? Pas dans ce bois mystérieux, où vous êtes avec Jacques depuis une heure au moins ?

— Enfin d'où viens-tu ?

— De chez nous. J'étais rentré un peu fatigué et ennuyé de ce bal à la poussière ; mais, ne vous voyant pas revenir, je me suis dit que vous aviez peut-être besoin de moi, et je suis retourné à la fête, qui est finie et où ma mère s'impatiente.

Nous quittâmes Jacques un peu rassuré, et nous allâmes délivrer madame Chantebel, qui, m'accusant de m'être laissé attarder par un client, maugréait pour la cent millième fois contre les plaideurs et les avocats.

Henri avait-il une confidence, une ouverture quelconque à me faire ? Pour lui en fournir l'occasion, dès que nous fûmes rentrés, je passai avec lui dans sa chambre pour fumer un cigare avant d'aller me mettre au lit.

— Tu sais, lui dis-je en causant avec lui des incidents de la journée, que Miette est venue tantôt m'apporter son bouquet ?

— Je le sais, répondit-il, je regrette de ne l'avoir pas vue.

— Qui t'a dit qu'elle était venue ?

— Un domestique, je ne sais plus lequel.

— Elle était ce soir à la fête. Tu n'es pas venu de notre côté, nous t'avons vu de chez Rosier dansant avec une très jolie villageoise.

— Oui, j'ai dansé une bourrée, croyant que cela m'amuserait comme autrefois.

— Et cela t'a ennuyé ?

— Si j'avais su que Miette fût là…

— Tu l'aurais invitée, je suppose ?

— Certainement ; est-ce qu'elle m'a vu danser, elle ?

— Je ne sais pas. Je regardais ta danseuse… Sais-tu qu'elle est remarquable ?

— Oui, pour une paysanne : très blanche avec de petites mains.

— Qui est-elle et d'où est-elle ?

— Je n'ai pas songé à le lui demander.

En répondant ainsi, Henri jeta son cigare dans la cheminée comme pour me dire : Ne serait-ce pas l'heure d'aller dormir ?

Je le quittai sans insister ; ou il était sincère et ne devait pas être initié à mes doutes, ou il voulait se taire et je n'avais pas le droit de le questionner. Mon fils n'était pas aussi facile à pénétrer que son cousin Jacques. Il avait autrement de force dans la volonté et de portée dans le caractère.

Le lendemain et le jour suivant, je fus obligé, pour le voir un peu, de grimper au donjon, où il s'était installé avec deux ouvriers et un domestique. Épris de ce lieu romantique, il voulait y avoir un gîte dans le cas où le mauvais temps l'y surprendrait dans ses promenades.

— Mais, tu es bien pressé ! lui dis-je en le trouvant occupé à peindre et à coller. Il était convenu que je te ferais arranger une chambre ou deux à ton gré, et tu as pris trop à l'étroit mes idées d'économie.

— Point, mon père, répondit-il ; je sais fort bien que je suis un enfant gâté et que tu n'aurais rien épargné ; mais, en examinant le local, j'ai reconnu qu'il était d'un meilleur air dans sa vieille rusticité que tout ce que nous aurions pu y mettre. Voici les deux pièces que le vieux Coras occupait, la chambre à coucher, dont j'ai remplacé le lit décrépit par ce grand sofa de cuir de Cordoue. J'ai visité les tentures, elles n'étaient salies que par la poussière. J'ai apporté un tapis pour cacher les petits carreaux par trop ébréchés. Les croisées ferment bien. Ce plafond à solives noircies par la fumée est d'un ton excellent. Bref, il ne fallait ici que beaucoup de balayage et quelques raccords de peinture qui seront secs ce soir. Demain je pourrai y apporter quelques livres et une bonne vieille table, et j'y serai comme un prince.

Le lendemain en effet, il se meubla facilement avec le surplus de nos antiquailles, et il passa l'après-midi à ranger ses livres de choix dans les armoires.

Je voulais me rendre à Vignolette pour savoir si ma nièce était un peu plus tranquille, lorsque je reçus d'elle le billet suivant.

« Ne vous inquiétez pas de moi, mon bon et cher oncle, il n'y a pas eu de discussion au logis. J'y ai trouvé ma compagne, qui était rentrée avec sa nourrice et qui ne m'a pas dit un mot de son équipée. J'ai cru devoir l'ignorer absolument et ne pas m'opposer à ses promenades du soir avec cette femme, qui vient maintenant tous les jours, et qui paraît avoir pris sur elle beaucoup plus d'influence que je n'en ai. Je ne veux pas me mêler trop de leurs petits secrets ; mon devoir se borne à l'hospitalité. Heureusement le temps marche et me soustraira bientôt à une responsabilité toujours pénible quand on n'a pas l'autorité. »

Cette missive ne me tranquillisa pas ; au contraire elle me tourmenta davantage, et je me mis à observer Henri à la dérobée avec une attention scrupuleuse.

Je remarquai le soir même que, comme la veille, il sortait de table au café et s'en allait, avec Ninie sur les épaules, faire le *cheval* dans le jardin. C'étaient des cris, des rires, puis le vacarme s'éloignait, et au bout d'une demi-heure la petite revenait avec sa bonne. Henri ne reparaissait qu'une heure plus tard, disant qu'il venait de fumer son cigare dehors pour ne pas incommoder sa mère.

Le troisième jour de ce manège, je voulus en avoir le cœur net. C'était possible ce jour-là ; madame Chantebel avait deux vieilles amies qui se plongeaient dans les cartes avec elle aussitôt le repas fini. Elle ne s'inquiétait pas de la petite fille, qui paraissait adorer Henri, et dont Henri paraissait raffoler.

Les jours diminuaient rapidement ; j'attendis la demi-obscurité, augmentée par l'épaisseur du feuillage encore touffu, pour me glisser dans le jardin, et de là dans la prairie voisine, celle dont le double sentier montait d'un côté au donjon, de l'autre descendait vers le village.

J'entendais la voix de l'enfant sortir d'un massif de saules qui ombrageait une source à la lisière du pré, juste au pied du roc qui porte le donjon. Je me dirigeai de ce côté-là en rasant les buissons, et bientôt je vis sortir du massif de la fontaine Henri portant Ninie dans ses bras. Il prenait par le plus court, c'est-à-dire qu'au lieu de venir à moi en longeant la haie, il suivait le sentier pour rentrer dans le jardin. Évidemment il reconduisait l'enfant à la maison pour la remettre à sa bonne ; mais il allait revenir. Je me tins sur mes gardes, et je vis deux femmes sortir de la saulaie, prendre le sentier du donjon et se perdre dans le feuillage des vignes qui tapissent le flanc du monticule. J'attendis encore, immobile dans mon fourré, mais je ne vis pas revenir mon fils comme je m'y attendais. En réfléchissant, je me dis que, s'il se rendait au donjon, il prenait un chemin encore plus direct : il traversait la pépinière et montait à pic par le rocher.

J'écoutai sonner l'horloge au clocher du village. Il n'était que huit heures, Henri ne reparaissait au salon qu'à neuf. Il était donc déjà rendu à la tour. C'était à moi d'y aller à travers les vignes, puisque les deux femmes avaient de l'avance sur moi. Je n'hésitai pas, et, bien que par là la montée fût encore raide, je me trouvai au pied de la tour en moins de dix minutes. Il faisait tout à fait nuit, pas de lune ; un temps couvert, mais silencieux et calme. Je n'avais pas grande précaution à prendre pour me cacher, même en me tenant près de l'entrée, et c'est par le sens auditif que je pouvais me renseigner. Ce ne fut ni long ni difficile. Henri et une des femmes se tenaient debout à trois pas de moi, l'autre femme faisait le guet à quelque distance.

— À présent, disait Henri, êtes-vous décidée ?

— Décidée absolument.

— Eh bien ! ne revenez pas demain, c'est inutile.

— Oh si, encore demain ! Laissez-moi revenir ?

— C'est fort imprudent, je vous en avertis.

— Je ne connais pas la prudence, moi, ne le savez-vous pas ?

— Je m'en aperçois de reste !

— Je suis au-dessus de tous les propos, j'ai un but plus élevé que de veiller à cette chimère qu'on appelle en langage humain la réputation. Je n'ai de comptes à rendre qu'à Dieu, et pourvu qu'il soit content de moi, je me ris de tout le reste.

— Mais vous voulez réussir, et il ne faut pas vous créer d'inutiles obstacles. Si on découvre votre secret, on fera disparaître l'objet de votre sollicitude.

— Comment le découvrira-t-on, mon secret, si vous ne me trahissez pas ?

— Je ne vous trahirai pas, j'ai juré ; mais l'enfant parlera.

— Que pourra-t-elle dire ? Elle a vu une paysanne qui l'a embrassée et caressée, voilà tout ! Mon ami, laissez-moi revenir demain !

— Demain il pleuvra à verse, le ciel est pris de partout.

— S'il pleut, n'amenez pas ma Ninie ; je viendrai quand même ici pour avoir de ses nouvelles.

— Eh bien ! à une condition, ce sera la dernière fois, et vous me laisserez après, tout de suite après, confier tout à mon père.

— Soit ! Adieu et à demain ! Ô mon cher ami, que Dieu soit avec vous et vous bénisse comme je vous bénis ! Adieu !

Elle appela sa compagne par un léger sifflement, et toutes deux prirent à travers le bois de pins. Henri les suivit jusqu'à la lisière, autant que j'en pus juger par le bruit discret de leurs pas sur les graviers et sur les branches mortes.

Chapitre XII

Quand on surveille un fils, il ne faut pas qu'il s'en doute. Je revins donc au logis, où, lorsqu'il reparut, je ne lui laissai rien pressentir de ma découverte. Jacques nous arriva sur les dix heures, disant qu'il revenait d'une partie de chasse, et qu'il n'avait pas voulu passer devant notre porte sans prendre de nos nouvelles.

— Tu n'as donc rien tué ? lui dit madame Chantebel, car, contre ta coutume, tu arrives les mains vides.

— Pardon, ma tante, répondit-il ; j'ai déposé un pauvre lièvre dans la cuisine.

— Veux-tu faire une partie de piquet avec ton oncle ?

— Je suis à ses ordres.

Je vis bien que Jaquet avait quelque chose à me dire.

— Allons plutôt, lui répondis-je en prenant son bras, faire un tour de jardin. Vous faites grand feu pour la saison, mesdames, et on étouffe ici.

— Voyons, qu'y a-t-il de nouveau ? dis-je à mon grand enfant de neveu quand nous fûmes seuls. Tu me parais tout à fait battu de l'oiseau.

— Battu à fond, battu à mort, mon bon oncle ! Je vous le disais bien, Henri va sur mes brisées. Il y a rendez-vous tous les soirs à la tour de Percemont.

— Qui t'a dit cela ?

— J'ai vu, j'ai épié, j'ai suivi. Ce soir encore…

— As-tu écouté ?

— Oui, mais je n'ai pu rien entendre.

— Alors tu es un maladroit. Qui n'entend pas la cloche n'en connaît pas le son.

— Voulez-vous me donner à penser que mademoiselle de Nives donne des rendez-vous à Henri pour réciter le chapelet ?

— N'est-ce pas dans ce sens-là qu'elle a agi avec toi ?

— Elle s'est moquée de moi, et peut-être se moque-t-elle à présent de mon cousin ; mais en se moquant ainsi du pauvre monde elle joue son honneur, et ce n'est pas drôle !

— Ne m'as-tu pas dit qu'elle était invulnérable à la séduction, et qu'à moins d'être une brute et un sauvage il était impossible de réduire sa volonté et de surprendre son innocence ?

— J'ai dit cela pour moi qui ne sais guère manier la parole et amener la persuasion. Henri est avocat, il sait dire…

— Alors il est plus dangereux que toi, que je croyais irrésistible.

— Ah ! mon oncle, vous me raillez, c'est-à-dire que vous m'abandonnez !

— T'ai-je donc promis de servir tes amours ?

— Vous en avez écouté le récit avec une attention que j'ai prise pour de l'intérêt.

— Et moi, je ne suis pas fixé là-dessus. Je m'intéresse fort peu à tes projets de fortune. Si tu ne songes qu'à épouser le million, cela, je ne veux pas m'en mêler, c'est affaire entre toi et la Charliette.

— Mon oncle, vous m'humiliez. Vrai, vous ne me rendez pas justice. Le million n'est rien, si la femme est déshonorée.

— Elle ne l'est pas, j'en suis certain ; mais elle pourrait bien l'être un jour ou l'autre, si elle a aussi peu de raison qu'elle en montre.

— Vous savez donc…

— Je sais ce que tu m'apprends, et j'y réponds. Si elle a des relations avec Henri, elles sont et peuvent rester pures ; mais si cette demoiselle prend tous les jours un nouveau confident, elle finira par en trouver un qui la perdra, et le scandale rejaillira sur ta sœur. Or, comme c'est elle, elle seule, qui m'intéresse en cette affaire, je vais dès demain agir pour mettre fin à une situation fâcheuse et ridicule.

— Agir ? Ah ! mon oncle, qu'allez-vous faire ? Avertir madame de Nives ? perdre cette pauvre enfant !…

— Pourquoi viens-tu l'accuser ?

— Mon Dieu, je ne l'accuse pas ! Je me plains, voilà tout ; mais j'aimerais mieux me couper les deux mains que de lui nuire. Si vous saviez comme avec tout cela elle est grande et bonne ! Elle en est absurde, elle en est romanesque !

— Pourtant si elle te plante là, si, après t'avoir bercé de ses projets mystiques, elle prend un mari, et que ce mari ne soit pas toi ?

— Eh bien ! mon oncle ?

— Ne te vengeras-tu pas ?

— Non, jamais ! Ce jour-là, je me saoulerai comme un Polonais ou j'épaulerai mon fusil de chasse avec mon pied, je ne sais pas ! mais lui faire du tort, à elle, la vilipender, la trahir,… non ! Je ne pourrais pas. Ce n'est pas une femme comme une autre, c'est un ange, un ange bizarre, un ange fou, il y en a peut-être comme cela ; mais c'est le bon cœur, la bonne intention, le désintéressement, la charité en personne. Ce qui serait mal pour une autre ne l'est pas pour elle. Non ! il ne faut pas la perdre ; non, mon oncle, mettons que je ne vous ai rien dit.

— Allons, répondis-je en prenant la main de Jacques dans les miennes, je vois que tu es toujours l'enfant de ma sœur, le bon gros Jaquet qui ne sait faire de tort qu'à lui-même et qui rachète tout par son cœur. Je crois à présent que tu aimes réellement mademoiselle de Nives. Donc il faut l'épouser, j'y ferai mon possible, je te le promets, si elle a réellement les grandes qualités que tu dis. Je la verrai, je l'interrogerai, j'étudierai la question à fond.

— Ah ! mon oncle, merci ! mais votre fils…

— Mon fils n'a rien à voir là dedans.

— Si fait…

— Ne me parle pas de lui avant que je connaisse la situation. Va te coucher et cesse ton espionnage. Je veillerai, moi, mais je veux veiller seul. Tu m'entends ! Tiens-toi tranquille, ou je t'abandonne.

Le gros Jaquet m'embrassa, et je sentis qu'il arrosait mes joues de larmes chaudes. Il alla prendre congé de ma femme, serra convulsivement la main d'Henri, et, enfourchant son robuste poney, il partit au grand galop pour Champgousse.

J'attendis patiemment toute la journée du lendemain. Ainsi qu'Henri l'avait prévu, la pluie tomba sans désemparer, et il ne fut pas question de faire sortir mademoiselle Ninie. À la fin du dîner, elle voulut pourtant grimper sur ses épaules en lui parlant à l'oreille.

— Vous avez donc des secrets tous les deux ? dit ma femme, frappée de l'air malin et mystérieux de l'enfant.

— Oh oui ! de grands secrets et que je ne dirai pas, répondit-elle en mettant ses petites mains sur la bouche d'Henri. Ne les dis pas non plus, toi, mon dada Henri, et emporte-moi à la fontaine.

— Non, c'est impossible, dit Henri, il n'y a pas de fontaine ce soir. La pluie noierait nos bateaux de papier ; ce sera pour un autre jour.

Il se leva et sortit. Ninie se prit à pleurer. Ma femme voulut la consoler. Je ne lui en donnai pas le temps, je la pris dans mes bras et je la portai dans mon cabinet pour lui montrer des images. Quand elle fut consolée, je tâchai, sans la questionner, de voir si elle était capable de garder un secret ; je lui promis de lui faire de très beaux bateaux de papier le lendemain et de les faire voguer sur le bassin du jardin.

— Non, non, dit-elle, ton bassin n'est pas assez joli. Sur la fontaine du pré ! c'est là que l'eau est belle et claire. Et puis il y a Suzette qui sait m'amuser bien mieux que toi, mieux qu'Henri et que tout le monde.

— Suzette est donc une petite de ton âge que tu as rencontrée là ?

— De mon âge ? je ne sais pas ; elle est bien plus grande que moi.

— Grande comme Bébelle ?

— Oh non, et pas si vieille ! Elle est très jolie, Suzette, et elle m'aime tant !

— Et pourquoi t'aime-t-elle comme ça ?

— Ah dame ! je ne sais pas, c'est parce que je l'aime aussi et que je l'embrasse tant qu'elle veut. Elle dit que je suis jolie et très aimable.

— Et où demeure-t-elle, Suzette ?

— Elle demeure… dame ! je crois qu'elle demeure à la fontaine ; elle y est tous les soirs.

— Mais il n'y a pas de maisons ?

— C'est vrai. Alors c'est qu'elle y vient pour moi, pour me faire des bateaux.

— C'était donc là ton grand secret avec Henri ?

— J'avais peur que Bébelle ne me défende de sortir.

Je vis que l'enfant n'avait pas été mise dans la confidence et qu'elle oublierait facilement la prétendue Suzette, si elle ne la voyait plus avant le retour de sa mère. Je vis aussi pourquoi Henri avait été si pressé d'arranger le vieux gîte de Percemont, car, en dépit de la pluie, il s'y rendit comme il l'avait promis, et ne rentra qu'à dix heures. Dès que sa mère fut couchée, il me parla ainsi :

— Je t'ai menti l'autre jour, mon cher père. Permets-moi de te raconter ce soir une histoire vraie ; mais pour débuter vite et clairement, lis cette lettre que j'ai reçue par la poste la veille de la Saint-Hyacinthe.

« Monsieur, rendez un grand service à une personne qui a foi en votre honneur. Soyez demain soir à la fête de Percemont, j'y serai et je vous dirai à l'oreille le nom de Suzette. »

» Tu vois que l'orthographe est un peu fantaisiste. J'ai cru à une frivole aventure ou à une demande de secours. Je t'ai suivi à la fête, j'y ai vu Jacques faisant danser une ravissante villageoise dont il paraissait très épris, et qui, en passant près de moi, m'a lancé adroitement à l'oreille le nom convenu : Suzette.

» Je l'ai invitée à danser avec moi, au grand déplaisir de Jacques, et nous nous sommes rapidement expliqués durant la bourrée.

» — Je suis, m'a-t-elle dit, non pas Suzette, mais Marie de Nives. Je demeure cachée à Vignolette. Émilie, mon excellente, ma meilleure amie, ne me sait pas ici, et son frère Jacques n'est pas content de m'y voir. Je ne les ai pas mis dans mon secret, ils m'eussent dit que je faisais une folie ; cependant cette folie, je veux la faire, et je la ferai, si vous ne me refusez pas votre secours et votre amitié. Je les réclame, j'en ai le droit. Vous m'avez fait beaucoup de mal sans vous en douter. Vous m'avez écrit, quand j'étais au couvent de Riom, des lettres de moquerie où on a vu des crimes. À cause de ces malheureuses lettres, on m'a retirée de ce couvent, où j'étais aimée et traitée avec douceur, pour me cloîtrer durement à Clermont. Jacques m'a aidée à me sauver. J'ai été consulter à Paris, je sais maintenant mes droits, et je les ferai bientôt valoir ; mais si je condamne ma belle-mère, j'ai au cœur un désir tendre et ardent, je veux voir sa fille, la fille de mon pauvre père, ma petite sœur Léonie. Elle est chez vous, faites que je la voie. Le moment est favorable et ne se retrouvera peut-être plus. Toute votre famille est ici, l'enfant est seule avec sa bonne dans votre maison. J'ai de bons espions à mes ordres, je suis renseignée. Conduisez-moi chez vous, introduisez-moi au-près d'elle. Je la regarderai dormir. Je ne l'éveillerai pas, je l'aurai vue, et je vous en aurai une reconnaissance éternelle.

» Le moment et le lieu ne se prêtaient pas à la discussion. Je ne sais pas encore quelle réponse j'eusse faite sans un incident maladroi-tement provoqué par la jalousie de Jacques. Il éteignit le fanal, et, dans la confusion qui s'ensuivit, mademoiselle de Nives, saisissant mon bras avec une force nerveuse extraordinaire, m'entraîna dans les ténèbres en me disant :

» — À présent ! Dieu le veut, vous voyez allons chez vous ! » J'étais littéralement aveugle. Ce fanal qui crève les yeux ayant été brusquement supprimé, je marchais au hasard, et ma compagne semblait me conduire. Au bout d'un instant, je reconnus que nous marchions dans la direction de la prairie, et que nous n'étions pas seuls. Un homme et une femme marchaient devant nous.

» — C'est ma nourrice avec son mari, me dit mademoiselle de Nives ; ce sont des gens sûrs, ne craignez rien, j'en ai encore d'autres à mon service. J'ai la bonne de ma sœur qui a été renvoyée, et qui espionne pour moi.

» — Savez-vous, lui dis-je, qu'avec ces manières d'agir vous m'in-quiétez un peu ?

» — Comment cela ?

» — Vous avez peut-être le projet d'enlever l'enfant pour tenir la mère à votre discrétion ? Je vous avertis que je m'y opposerai abso-lument. Elle a été confiée à mes parents, et, bien que cette confiance soit un peu étrange, nous sommes responsables et considérons le dépôt comme sacré.

» — Vous avez une bien mauvaise opinion de moi ! reprit-elle ; on vous a certainement dit beaucoup de mal sur mon compte. Je ne le mérite pas et je me résigne à attendre que l'avenir me justifie.

» Elle a une voix cristalline, d'une clarté et d'une douceur péné-trantes. Je me sentis honteux de mes soupçons. Je voulus en atté-nuer la brutalité.

» — Ne parlons pas, me dit-elle, cela nous retarde, courons !

» Et elle m'entraîna sur la pente de la prairie, effleurant à peine le sol, légère comme un oiseau de nuit.

» Arrivés à la porte du jardin, nous nous arrêtâmes un instant.

» — Je n'ai pas encore trouvé, lui dis-je, le moyen de vous introduire auprès de l'enfant sans que vous soyez vue par la femme chargée de la garder. Je vous avertis que mademoiselle Ninie couche dans la chambre de ma mère, et qu'en attendant la rentrée de celle-ci, une bonne installée sur un fauteuil dort d'un sommeil peut-être fort léger. Je n'en sais rien, c'est une jeune paysanne que je ne connais pas.

» — Je la connais, moi, répondit mademoiselle de Nives : elle est venue chez Émilie, il y a quinze jours, pour demander de l'ouvrage. Nous lui en avons donné, et je sais qu'elle est douce et bonne. N'ayez pas d'inquiétude. Je sais aussi qu'elle dort profondément ; elle a passé une nuit chez nous, il a fait un orage épouvantable qu'elle n'a pas entendu. Allons, vite, entrons !

» — Permettez ! vous entrerez seule avec moi. Les personnes qui vous accompagnent resteront ici à vous attendre.

» — Naturellement.

» Je la conduisis sans bruit à la chambre de ma mère en la guidant à travers les corridors sombres. J'entrai doucement le premier. La petite bonne ne bougea pas. Une bougie brûlait sur une table derrière le rideau. Mademoiselle de Nives la prit résolument pour regarder l'enfant endormie ; puis elle me la rendit, et, s'agenouillant près du lit, elle colla ses lèvres à la petite main de Ninie en disant comme si elle eût prié Dieu :

» — Faites qu'elle m'aime, je vous jure de la chérir !

» Je lui touchai doucement l'épaule. Elle se releva et me suivit avec soumission au jardin. Là elle me prit les deux mains en me disant :

» — Henri Chantebel ! vous m'avez donné la plus grande joie que j'aie éprouvée dans ma dure et triste vie, vous êtes maintenant pour moi comme un de ces anges que j'invoque souvent et dont la pensée me donne du calme et du courage. Je suis une pauvre fille sans esprit et sans instruction : on m'a élevée comme cela, on l'a fait exprès, on voulait m'abrutir pour me neutraliser ; mais ma lumière, celle dont j'ai besoin pour me conduire, me vient d'en haut, personne ne peut l'éteindre. Ayez confiance en moi comme j'ai eu confiance en vous. C'est si beau, la confiance ! sans elle, tout est mal et impossible. Faites que je revoie ma sœur, et que j'entende sa voix, que je lise dans son regard, que je reçoive son premier baiser.

Laissez-moi revenir demain, déguisée comme aujourd'hui. Songez que personne ne connaît ma figure, que vos parents ne m'ont jamais vue, que madame de Nives elle-même ne me reconnaîtrait peut-être pas, car elle ne m'a pas vue depuis bien des années. Je me cacherai quelque part, vous amènerez Léonie de mon côté, vous serez là, vous ne la quitterez pas. Faut-il vous le demander à genoux ? Tenez, m'y voici.

» Un peu inquiet de son exaltation, mais vaincu par le charme qui émane d'une personne si étrange, je lui donnai rendez-vous à la tour de Percemont pour le lendemain à la nuit tombante, promettant de trouver jusque-là un moyen de lui conduire sa sœur, et je lui demandai la permission de vous informer du fait.

» — Oh ! non, pas encore ! s'écria-t-elle. Je dirai tout à votre père moi-même, car j'ai beaucoup à lui dire, et il sera bien obligé de m'entendre, c'est son devoir envers madame de Nives et envers ma sœur. Je peux les ruiner, mais je ne le veux pas. Seulement il y a une chose sur laquelle je ne peux pas encore être décidée ; il me faut revoir l'enfant, et, si vos parents s'y opposaient, je ne pourrais plus savoir ce que je dois faire. Jurez-moi de me garder le secret pour quelques jours seulement.

» — Allons, je le jure ! Mais Jacques ? Que lui dirai-je, s'il vient m'interroger ?

» — Il ne vous interrogera pas.

» — N'est-il pas votre fiancé ?

» — Non ; il ne m'est rien qu'un ami généreux et admirable.

» — Mais il vous aime. Voyons ! cela est bien clair.

» — Il m'aime, oui, et je le lui rends de tout mon cœur ; mais il n'y a pas un mot d'amour entre nous… Vous jurez de me garder le secret ?

» — Je le jure.

» — Oh ! que je vous aime !

» — Pas tant que Jacques ?

» — Encore plus !

» Là-dessus elle s'enfuit avec ses acolytes, me laissant stupéfait et quelque peu étourdi de l'aventure.

» Le lendemain, c'est-à-dire avant-hier, j'ai avisé la fontaine du pré comme le lieu de rendez-vous le plus favorable. J'ai pu avertir la Charliette, cette nourrice dévouée, qui est venue dans le jour explorer le bois de Percemont, afin de s'y reconnaître sans suivre les chemins tracés. C'est une femme adroite et prévoyante. Je lui ai, de là-haut, montré la fontaine, le sentier des vignes qui y conduit. J'ai enlevé les clôtures, et le soir même, tout en jouant avec Ninie, je l'ai portée sans l'avertir de rien auprès de sa sœur, cachée sous les saules. La connaissance a été vite faite, grâce aux bateaux de papier ; mais je dois dire que la passion de mademoiselle de Nives pour cette enfant a été comme un aimant irrésistible. Au bout d'un instant, Léonie s'est pendue à son cou et l'a dévorée de caresses. Elle ne voulait plus la quitter. Je n'ai pu la reconduire à sa bonne qu'en promettant de la ramener le lendemain à la fontaine et à *Suzette*.

» Hier encore j'ai tenu parole. Suzette avait bourré ses poches de papier rose et bleu de ciel. Elle faisait, avec une adresse de religieuse, de charmantes embarcations qui flottaient à ravir ; mais Ninie ne s'amusait pas comme la veille : elle s'était mis dans la tête de ne plus quitter Suzette et de l'amener ici pour en faire sa bonne. J'ai eu de la peine à les séparer ; enfin ce soir, pour la dernière fois, j'ai vu mademoiselle de Nives au donjon, où il était convenu qu'elle irait m'attendre. Je jugeais cette entrevue inutile à ses projets, et c'est à regret que je m'y suis prêté, puisque le mauvais temps m'empêchait d'y conduire Léonie. Je m'y suis rendu avec un peu d'humeur. C'est une personne irritante que mademoiselle de Nives. Elle se jette à votre cou, moralement parlant. Elle a des inflexions de tendresse et des expressions de reconnaissance exagérée qui ont dû troubler profondément le pauvre Jaquet, et qui m'ont causé plus d'une fois de l'impatience ; mais on ne sait comment lui manifester le blâme qu'elle provoque. Elle n'est pas affectée, elle ne pose pas, elle est naturellement hors du vraisemblable, et pourtant elle est dans le vrai quand on peut accepter son point de vue. Nous avons causé deux heures, tête à tête dans le donjon, où j'avais allumé un grand feu de pommes de pin pour sécher ses vêtements mouillés. Il a fallu la réchauffer malgré elle. Intrépide et comme insensible à toutes les choses extérieures, elle avait marché en riant sous une pluie battante et riait encore en me voyant inquiet pour sa santé. Elle n'éprouvait pas plus d'embarras et de crainte à se trouver seule avec moi, venant à un rendez-vous facile à incriminer, que si j'eusse été son frère. La nourrice se tenait en bas, dans la cuisine, se chauffant aussi et ne s'inquiétant pas plus de nous laisser ensemble que si les excentricités de ce genre n'avaient rien de nouveau pour elle. Tout cela eût pu monter la tête à un sot ambitieux, car mademoiselle de Nives est un beau parti, et elle n'est pas difficile à compromettre ; mais tu as assez bonne opinion de moi, j'espère, pour être bien certain que je ne lui ai pas fait la cour et ne la lui ferai pas. Voilà mon roman, cher père. Dis-moi maintenant ce que tu en penses, et si tu me blâmes d'avoir laissé la *partie adverse,* – car ma mère prétend que tu es le défenseur et le conseil de la comtesse, – embrasser à votre insu sa petite sœur Ninie.

Chapitre XIII

— Réduite à ces proportions, l'affaire n'est pas grave, répondis-je ; mais tu ne m'as pas dit le plus important, votre conversation de ce soir, votre unique conversation, car, jusqu'à ce moment, vous n'avez pu échanger que des mots entrecoupés et vous n'aviez pas été seuls ensemble.

— Si fait ! les deux jours précédents, je l'ai reconduite jusqu'à mi-chemin de Vignolette par les bois ; la nourrice, je devrais dire la duègne, marchait à distance respectueuse.

— Alors tu sais quels sont ces grands projets dont mademoiselle de Nives, ta cliente, à toi, doit m'entretenir ?

— Une tentative de conciliation entre elle et sa belle-mère ; mademoiselle de Nives veut être libre de voir sa sœur de temps en temps.

— Je crois que les entrevues seront chères, et puis le moyen de rendre l'engagement sérieux ! Marie de Nives n'a aucun droit sur Léonie de Nives, et la loi ne lui prêtera aucun appui.

— Elle compte sur toi pour trouver ce moyen.

— Est-ce que tu en vois un ?

— J'en vois mille, si ta cliente n'a en vue que l'argent, comme le prétend la *mienne.* Il s'agit de l'intéresser à la durée de l'amitié des deux sœurs.

— Tout paraît simple quand on prend des suppositions pour des faits acquis. Je suppose, moi, que ma cliente, puisque cliente il y a selon toi, ait pour sa belle-fille un éloignement invincible ? qu'elle combatte pour la fortune, mais que ce soit uniquement en vue de sa fille, et qu'après tout elle l'aime mieux pauvre qu'exposée à l'influence d'une personne dont elle pense le plus grand mal ?

— Tu plaideras auprès d'elle pour la pauvre Marie !

— La pauvre Marie a pu être fort à plaindre dans le passé, mais, depuis qu'elle est libre, je t'avoue qu'elle m'intéresse médiocrement.

— Tu ne la connais pas encore !

— Je l'accepte telle que tu me la dépeins, telle que Jacques me l'a *racontée*. Vos deux versions rédigées différemment sont très conformes quant au fond. Je crois donc la personne excellente et très pure d'intentions ; cela suffit-il pour être une femme de mérite, un être sérieux, capable de diriger une enfant comme Léonie et d'inspirer confiance à sa mère ? Je ne la crois pas capable, moi, d'inspirer de respect !

— Si fait ! Je te jure qu'elle en est fort capable.

— C'est-à-dire que tu as été fort ému auprès d'elle, et que tu as su le lui cacher par respect pour toi-même !

— Ne parlons pas de moi ; je suis en dehors de la question. Parlons de Jacques.

— Jacques a été encore plus ému et probablement plus timide que toi. Jacques est un séducteur dont une personne tant soit peu bien élevée ne doit pas beaucoup redouter les roueries et les profondeurs. Veux-tu que je te dise ; je ne la crois pas en danger, ta cliente ; mais je la crois dangereuse. Je la vois dans une situation fort agréable et même divertissante, puisqu'elle trouve moyen de concilier dans sa conscience, obscurément éclairée d'en haut… ou d'en bas, les plaisirs frivoles de la vie avec les extases célestes. Elle caresse au couvent l'idée d'être une vierge sage, mais elle a les instincts d'une vierge folle, et, du moment qu'elle repousse le frein de l'austérité de toutes pièces qui fait la force du catholicisme, je ne vois pas bien où elle pourra s'arrêter. Elle n'a rien à mettre à la place de ce joug terrible, nécessaire aux esprits sans culture et par conséquent sans réflexion. Elle n'a aucune philosophie pour se créer une loi à elle-même, aucune appréciation de la vie sociale et des obligations qu'elle impose. Elle se fait du devoir une idée fantastique, elle cherche le sien dans des combinaisons de roman, elle n'a pas la moindre idée de la plus simple des obligations morales. Il lui plaît de quitter le couvent avant l'heure très prochaine que la loi fixait à sa délivrance ; elle ne saurait pas trouver un appui sérieux pour cette équipée, elle accepte celui d'une femme qui spécule sur la libéralité des prétendants qu'elle lui recrute. Elle trouve donc naturel d'accepter Jacques Ormonde pour son libérateur, elle va passer huit jours en tête-à-tête avec lui, et, comme il ne lui inspire pas d'amour, je comprends ça, elle se soucie fort peu de celui qu'il peut éprouver, des espérances qu'il doit concevoir, des colères et des souffrances qu'elle lui impose.

— Mon père, elle les ignore, elle ne se doute pas de ce que l'amour peut être !

— Tant pis pour elle ! Ce qu'une femme ne sait pas, il faut qu'elle le devine ; autrement il n'y a pas de femme, il y a un être hybride, mystérieux, suspect, dont on peut tout craindre. Qui sait où l'éveil des sens peut entraîner celui-ci ? Je crois, moi, que déjà les sens jouent un grand rôle dans cette angélique chasteté qui pousse la demoiselle des bras de Jacques dans les tiens.

— Disons du bras de Jacques au mien ; elle n'a cherché et trouvé que des protecteurs.

— Un protecteur improvisé, c'est déjà beaucoup. Deux, c'est beaucoup trop pour deux mois de liberté ! Pourquoi cette héroïne de roman n'a-t-elle pas su vaincre ma répugnance à la connaître et à l'écouter ? Puisqu'elle sait si bien se déguiser, il fallait entrer ici comme servante, nous en cherchions une pour garder l'enfant !

— Elle y a songé, mais elle a craint la clairvoyance de ma mère, qu'elle sait prévenue contre elle.

— Elle a craint ta mère et elle m'a craint ! Invitée par Miette, par Jacques à se confier à moi, elle n'a pas osé ; elle n'ose pas encore. Elle aime mieux s'adresser à toi pour voir sa sœur, comme elle s'est adressée à Jaquet pour s'échapper de sa cage. Veux-tu que je te dise pourquoi ?

— Dis, mon père.

— Parce que l'appui des jeunes gens est toujours assuré à une jolie fille, tandis que les vieux veulent qu'on raisonne. La beauté exerce un prosélytisme rapide. Un jeune homme est matière inflammable et ne résiste pas comme un vieux avocat incombustible. En un clin d'œil, avec un regard tendre et un mot suppliant, on a de brillants chevaliers, prompts à toute folle entreprise. On leur confie ses plus intimes secrets ; il leur plaît fort, à eux, d'être pris pour confidents. La confiance n'est-elle pas la suprême faveur ? On les amorce ainsi, et tout aussitôt on les gouverne. On accepte leur amour pourvu qu'ils n'expriment pas trop clairement leurs désirs, on les expose sans scrupule à des scandales, on se sert de leur argent…

— Mon père !…

— Pas toi ! mais Jacques y est déjà pour une belle somme, je t'en réponds. On est riche, on s'acquittera, on conservera une reconnaissance sincère pour les deux amis, sauf à en épouser un troisième ; les autres se débrouilleront comme ils pourront. Je te le dis, mon garçon, il y a un ange avec qui tu viens de passer deux heures d'un tête-à-tête enivrant et douloureux à la fois ; mais sous cet ange, il y a une dévote ingrate, et peut-être une coquette consommée. Prends garde à toi, voilà ce que je te dis !

En m'écoutant, mon fils tisonnait fiévreusement, les yeux fixés sur la braise, le visage pâle en dépit de la lueur rouge qu'elle lui envoyait. Il me sembla que j'avais touché juste.

— Alors, dit-il en relevant et en fixant sur moi ses grands yeux noirs si expressifs, tu me blâmes d'avoir servi les desseins de cette demoiselle ?

— Moi ? pas du tout ! À ton âge, j'eusse agi comme toi ; je te dis seulement de prendre garde.

— À l'amour ? Tu me prends pour un écolier.

— Il n'y a pas si longtemps que tu l'étais, et c'est tant mieux pour toi.

Il réfléchit quelques instants et reprit :

— C'est vrai ; il n'y a pas si longtemps que j'étais épris de Miette, qu'elle me faisait battre le cœur, qu'elle m'empêchait de dormir. Miette est beaucoup plus belle, à présent… surtout elle a une expression,… et je ne vois pas que la fraîcheur et la santé nuisent à l'idéal dans un type de femme. Les statues grecques ont la rondeur dans la poésie. Mademoiselle de Nives est jolie comme un petit garçon. Sa pâleur est affaire de fantaisie. Et puis ce n'est pas la beauté qui prend le cœur, c'est le caractère. J'ai étudié ce caractère tout nouveau pour moi, avec plus de sang-froid que tu ne penses, et dans tout ce que tu viens de dire je crois qu'il y a beaucoup de vrai, l'ingratitude surtout ! Je n'ai pu m'empêcher de lui dire qu'elle faisait trop souffrir Jacques ; elle se croit justifiée en disant qu'elle ne lui a rien promis.

— Elle fait quelque chose de pire, à quoi tu n'as pas songé. Elle travaille à compromettre Émilie.

— J'y ai songé, je le lui ai dit. Sais-tu ce qu'elle m'a répondu ? « Émilie ne peut pas être compromise. C'est une pureté au-dessus de toutes les souillures. Si l'on venait à dire qu'étant chez elle je me suis conduite follement, toute la province répondrait d'une seule voix que c'est contre le gré ou à l'insu de votre cousine. Et vous d'ailleurs, ne seriez-vous pas là pour crier aux détracteurs : Vous en avez menti ! La preuve qu'elle est respectable, c'est qu'elle est ma fiancée, et que je l'épouse. »

— Eh bien ! et toi ? qu'as-tu répondu à cette question très directe ?

— Je n'ai rien répondu. Il me répugnait de parler d'Émilie et de mes sentiments secrets avec une personne qui ne comprend rien aux sentiments humains.

— Je regrette que tu n'aies rien trouvé à répondre.

— Dis-moi, père, crois-tu qu'Émilie…

— Eh bien ! Émilie…

— Elle doit savoir que son amie s'absente tous les soirs depuis quelques jours ?

— Il me paraît impossible qu'elle l'ignore ! La maison de Vignolette est grande ; mais, quand on y vit tête à tête, l'absence de l'un des deux hôtes doit être remarquée.

— Mademoiselle de Nives prétend qu'Émilie ne lui fait pas de questions et ne témoigne aucune inquiétude. Comment expliques-tu cela ?

— Par la religion d'une généreuse hospitalité. Vois sa lettre d'hier.

Henri lut la lettre et me la rendit.

— Je vois, dit-il, qu'au fond du cœur la bonne et chère enfant blâme sa bizarre compagne. Elle n'a pas tort ! As-tu remarqué qu'elle fût triste la dernière fois que tu l'as vue ?

— Triste, Émilie ? non, mais mécontente.

— Mécontente de mademoiselle Marie ?

— Évidemment.

— Et peut-être aussi de moi ?

— Je ne sache pas qu'elle ait songé à toi.

— Mademoiselle de Nives prétend que Miette a un grand chagrin.

— Pour quelle cause ?

— C'est ce que j'ai répondu, il n'y a pas de cause. Miette n'a pas d'amour pour moi.

— Et tu as ajouté : je n'en ai pas pour elle ?

— Non, mon père, je n'ai pas dit cela, je me suis abstenu de parler de moi-même ; cela ne pouvait pas intéresser mademoiselle de Nives. Quel jour veux-tu la recevoir ?

— Ici, elle risque de rencontrer sa belle-mère, qui peut, qui doit revenir d'un moment à l'autre pour chercher sa fille.

— Madame de Nives ne peut pas revenir encore, elle est malade à Paris.

— Qui t'a dit cela ?

— Mademoiselle de Nives la fait surveiller. Elle a pris la grippe en courant Paris et la banlieue pour la surprendre dans quelque *flagrante delicto* favorable à ses projets hostiles ; mais elle n'avait que de fausses indications, elle n'a rien découvert.

— Alors que cette demoiselle vienne demain au donjon avec Miette. Ta mère va rendre des visites à Riom, elle ne saura rien. Je veux que tu assistes à l'entrevue, puisque tu es le conseil de mademoiselle Marie. Je ferai peut-être comparaître aussi maître Jacques, et je donnerai l'ordre qu'on nous amène un instant Léonie. Je veux voir par mes yeux si cette grande passion pour l'enfant est sincère. Allons dormir. Demain, de bon matin, j'enverrai un exprès à Vignolette et peut-être à Champgousse.

Le lendemain, j'écrivis à Émilie et à son frère. À midi, je montai au donjon avec Henri et la petite Léonie. Nous y trouvâmes Miette avec mademoiselle de Nives. Jacques, qui demeurait plus loin, arriva le dernier.

Mon premier mot fut un acte d'autorité. La Charliette était sur le seuil de la cuisine et y entra vivement en m'apercevant ; mais je l'avais vue, et, m'adressant à mademoiselle de Nives, je lui demandai si c'était par son ordre que cette femme était aux écoutes. Mademoiselle de Nives parut surprise et me dit qu'elle ne l'avait point amenée.

— Dès lors, lui répondis-je, elle vient ici pour son compte, et je vais la prier de s'en aller.

J'entrai dans la cuisine sans donner à Marie le temps de me devancer, et je demandai à la Charliette éperdue ce qu'elle venait faire chez moi.

Elle répondit qu'elle était venue se mettre aux ordres de *mademoiselle*.

— Mademoiselle n'a pas besoin de vous, allez-vous-en. Je vous défends de jamais remettre les pieds chez moi sans ma permission.

— Ah ! s'écria la Charliette d'un ton dramatique, je vois que ma chère demoiselle est perdue ! Vous êtes tous contre elle !

— Sortez, repris-je, et plus vite que cela !

Elle partit furieuse. Je rejoignis les dames à l'appartement restauré par Henri. Mademoiselle de Nives avait son costume de villageoise, qui la rendait merveilleusement jolie, je dois le dire. Léonie s'était jetée dans ses bras, elles étaient inséparables. Émilie aussi caressait l'enfant et la trouvait charmante. Je vis qu'au dernier moment elle avait été mise dans toutes les confidences. Henri me paraissait un peu embarrassé dans son attitude. Il entendit à propos le galop du poney de Jacques et descendit pour l'aider à le mettre à l'écurie.

Pendant ce temps, allant et venant, et sans avoir l'air de vouloir entrer encore en matière, j'observais les traits et les attitudes de mademoiselle de Nives. Je la trouvai naïve et sincère. Ce point acquis, j'examinai ma nièce ; elle était changée, non pâlie ni abattue, mais sérieuse et comme armée, pour un combat quelconque, de haute et magnanime volonté.

Jacques entra, on se dit bonjour. Il baisa respectueusement la main que lui tendait sans embarras mademoiselle de Nives. Il était fort décontenancé par l'étonnement et l'inquiétude. Il avait l'air de se préparer à une crise, et de n'avoir rien prévu pour la conjurer.

— À présent, dis-je à mademoiselle de Nives, nous avons à parler de choses qui ennuieraient fort mademoiselle Ninie. Elle va jouer là, sous nos yeux, dans le préau fermé.

— Oui, s'écria Léonie, avec Suzette !

— Plus tard, lui dis-je. Je vous promets que vous la reverrez avant qu'elle ne s'en aille.

— Ça n'est pas vrai, tu ne me rappelleras pas !

— Je vous le jure, moi, dit mademoiselle de Nives. Il faut être sage et obéir à M. Chantebel. C'est lui qui est le maître ici, et tout le monde est content de faire sa volonté.

Ninie se soumit, non sans faire promettre à Suzette qu'elle s'assoirait près de la fenêtre pour la regarder à tout instant.

Quand nous fûmes assis, Miette prit la parole avec résolution.

— Mon oncle, dit-elle, vous avez bien voulu recevoir mon amie, je vous en remercie pour elle et pour moi. Je pense que vous n'avez pas à l'interroger sur les événements qui l'ont amenée chez moi, je crois que vous les connaissez parfaitement. Elle vient vous demander conseil sur ce qui doit suivre, et comme elle sait quel homme vous êtes, comme elle a pour vous le respect que vous méritez, et en vous la confiance qui vous est due, elle est résolue, elle me l'a promis, à suivre vos conseils sans résister.

— Je n'ai qu'une seule question à adresser à mademoiselle de Nives, répondis-je, car de sa réponse dépendra mon opinion sur sa cause. Pourquoi, à la veille du moment fixé pour sa liberté certaine et absolue, a-t-elle cru devoir quitter le couvent ? Répondez sans crainte, mademoiselle, je sais que vous avez beaucoup de franchise et de courage ; toutes les personnes qui sont ici sont maintenant dans votre confidence ; il importe que j'y sois aussi, et que nous délibérions tous sur ce qui est le plus favorable à vos intérêts.

— C'est un peu une confession publique que vous me demandez, répondit mademoiselle de Nives, que la présence de Jacques et d'Henri paraissait beaucoup émouvoir, mais je puis la faire et je la ferai.

— Nous écoutons respectueusement.

— Eh bien ! monsieur Chantebel, j'ai eu, pour fuir le couvent avant l'heure raisonnable, un motif que vous aurez peine à croire. Mon ignorance de la vie réelle était si profonde, et ceci n'est pas ma faute, que je croyais devoir manifester ma volonté avant d'avoir atteint l'âge légal de ma majorité. J'étais persuadée que, si je laissais passer un jour au delà de ce terme, j'étais engagée par ce fait à prononcer des vœux.

— Est-ce au couvent qu'on vous avait dit ce mensonge énorme ?

— Non, c'est ma nourrice, la Charliette, que je voyais en secret, qui prétendait avoir consulté à Clermont, et qui me disait de me méfier de la patience avec laquelle les religieuses et les confesseurs attendaient ma décision. Ils ne vous tourmenteront pas, disait-elle, ils vous surprendront, et tout à coup ils vous diront : L'heure est passée, nous vous tenons pour toute votre vie.

— Et vous avez cru la Charliette !

— J'ai cru la Charliette, n'ayant qu'elle au monde pour s'intéresser à moi et me dire ce que je croyais être la vérité.

— Mais, depuis vous avez su qu'elle vous trompait ?

— Ne me faites pas dire du mal de cette femme qui m'a rendu de grands services, des services intéressés, je le sais, mais dont j'ai profité, et dont je profite encore. Laissons-la pour ce qu'elle vaut… Ceci ne mérite pas de vous occuper.

— Pardonnez-moi, je dois savoir si je suis en présence d'une personne conseillée et dirigée par la Charliette ou par les amis qu'elle a maintenant autour d'elle.

— J'ai honte d'avoir à vous répondre que les personnes présentes, à commencer par vous, sont tout pour moi, et la Charliette, rien !

— C'est fort aimable, mais ne suffit pourtant pas pour que je travaille à vous sauver des dangers et des difficultés où cette Charliette vous a jetée. Il faut me jurer que vous ne la reverrez pas et n'aurez aucune correspondance, aucune espèce de relation avec elle, tant que vous demeurerez chez ma nièce. Vous auriez dû comprendre que la présence d'une femme de cette espèce souillait la demeure d'Émilie Ormonde.

C'était, je crois, la première fois que mademoiselle de Nives entendait des vérités raisonnables. Effrayée et menacée, d'une part, par l'esprit clérical, gâtée et flagornée, de l'autre, par sa nourrice et par l'amour aveugle de Jacques, elle ne savait pas avoir des reproches à se faire. Elle rougit de confusion, ce qui me parut d'un bon augure, hésita un instant à répondre, puis, par un mouvement spontané, elle se tourna vers Miette et lui dit en se jetant à ses genoux et en l'entourant de ses bras :

— Pardonne-moi, je n'ai pas su ce que je faisais ! Pourquoi ne me l'as-tu pas dit ?

— Je te l'aurais dit, si tu m'avais tout confié, répondit Émilie en l'embrassant et en la relevant. Avant ce matin, je ne savais pas combien cette Charliette est coupable envers toi et méprisable.

— Je ne la reverrai jamais ! s'écria mademoiselle de Nives.

— Vous le jurez ? lui dis-je.

— Je le jure sur mon salut éternel !

— Jurez-le sur l'honneur ! Le salut éternel n'est jamais compromis tant qu'il reste un moment pour se repentir. C'est une belle pensée que d'avoir fait Dieu plus grand que la justice des hommes ; mais ici nous traitons de faits purement humains, et nous n'avons à nous occuper que de ce qui peut être utile ou nuisible à nos semblables.

— Je jure donc sur l'honneur de ne jamais revoir la Charliette, bien qu'en vérité l'honneur humain, comme on me paraît l'entendre, me semble une chose frivole.

— C'est bien là que le bât nous blesse, répondis-je. Voulez-vous me permettre une petite explication fort nécessaire ?

— J'écoute, répondit mademoiselle de Nives en se rasseyant.

— Eh bien ! mademoiselle, quand le mot d'honneur humain n'a pas de sens net pour l'esprit, ce que l'on a de mieux à faire, c'est de se retirer du milieu social et du commerce des humains. On vit alors dans un sublime tête-à-tête avec l'esprit divin, et, pour se dispenser de tout devoir envers les êtres de notre espèce, on a la règle monastique, qui vous impose la solitude et le silence. Vous n'en voulez pas, je le sais ; dès lors il vous faut, fille ou femme, consacrée aux œuvres de charité ou aux occupations de ce monde, un guide et un maître qui vous fasse connaître les obligations de la vie. Vous ne ferez rien de bon, à vous toute seule, en dehors de la cellule, puisque vous dédaignez de rien entendre à la vie pratique. Il vous faudra un directeur de conscience pour utiliser votre charité ou un mari pour régler les bienséances de votre conduite. Vous avez tantôt vingt et un ans, vous êtes séduisante, vous ne l'ignorez pas, puisque vous vous servez de vos séductions pour réaliser vos projets au jour le jour. Vous n'avez plus le droit, du moment où vous agissez fortement sur l'esprit des autres, de dire : « Je ne sais pas ce que je veux, je verrai ! » Il faut voir et vouloir tout de suite ; il faut choisir entre le mari et le confesseur, autrement il n'y a pas moyen de vous prendre au sérieux.

— Quoi ? s'écria mademoiselle de Nives, qui s'était levée, bouleversée de ma rudesse ; qu'est-ce que vous me dites là, monsieur Chantebel ? qu'est-ce que vous exigez de moi ?

— Rien que le libre exercice de votre volonté.

— Mais justement !… ma volonté, je ne la connais pas. J'attends que Dieu m'inspire.

— Est-ce Dieu qui vous a inspirée jusqu'ici ? Est-ce lui qui vous a commandé de vous faire enlever par Jacques Ormonde ?

— Mon oncle, s'écria Jacques, vous m'avez arraché mon secret, vous l'aviez surpris, j'ai cru qu'il vous serait sacré, et voilà que vous me mettez au supplice ! Permettez-moi de me retirer, j'étouffe ici, j'y souffre le martyre !

— Je ne vous accuse pas, Jacques, dit mademoiselle de Nives, je comptais dire à votre oncle tout ce qu'il savait déjà.

— D'autant plus, repris-je, que vous l'avez confié à mon fils avec permission de ne me rien cacher.

Jacques devint pâle en regardant Henri, qui sut rester impassible. Alors il regarda Marie, qui baissa les yeux avec confusion, puis les releva aussitôt et lui dit avec une simplicité naïve :

— C'est vrai, Jacques, j'ai tout dit à votre cousin, j'avais besoin de lui pour accomplir une entreprise où vous eussiez refusé de m'aider.

— Vous n'en savez rien, répondit Jacques. Certes mon cousin mérite toute votre confiance ; mais je vous avais donné assez de preuves de mon dévouement pour y avoir droit aussi.

— Tu oublies, Jacques, lui dis-je, que quand mademoiselle de Nives a besoin des gens, comme elle le dit elle-même, elle va droit à son but sans s'inquiéter des autres. Elle eût pu, sans doute, prendre ton bras pour venir regarder Léonie à travers la grille du parc, ou encore s'adresser à Henri, toi présent, et lui faire dans ce donjon des visites romanesques dont tu aurais constaté par toi-même l'indubitable innocence ; mais tout ceci eût moins bien réussi. Henri se fût méfié d'une personne présentée par toi, compromise par conséquent. Il eût raisonné et discuté, comme je discute en ce moment. Il était bien plus sûr de le surprendre, de lui donner un rendez-vous mystérieux, de se livrer à lui comme une colombe sacrée dont la pureté sanctifie tout ce qu'elle touche, enfin de lui ouvrir son cœur, libre de toute attache et de tout égard envers toi. L'expérience a prouvé que mademoiselle de Nives n'est pas si étrangère que l'on croit aux agissements de la vie réelle, et que, si elle ignore les souffrances qu'elle peut causer, elle devine et apprécie la manière de s'en servir.

— Henri ! s'écria mademoiselle de Nives, pâle et les dents serrées, partagez-vous l'opinion cruelle que votre père a de moi ? La figure d'Henri fut un moment contractée par un rictus d'angoisse et de pitié ; puis tout à coup, prenant le dessus avec l'héroïsme de la bonne conscience, il répondit :

— Mon père est sévère, mademoiselle Marie ; mais en somme il ne vous dit rien que je ne vous aie dit à vous-même, ici, hier soir, et seul avec vous.

Mademoiselle de Nives se tourna alors vers Jacques, comme pour lui demander aide et protection dans sa détresse. Elle vit qu'il pleurait et fit un pas vers lui. Jacques en fit deux, et, emporté par son bon naturel autant que par son manque de savoir-vivre, il l'entoura de ses bras et la serra sur son cœur en disant :

— Oh ! moi, tout cela n'est pas ma faute ! Si vous êtes coupable envers moi, je n'en sais plus rien du moment que vous souffrez ! Voulez-vous mon sang, voulez-vous mon honneur, voulez-vous ma vie ? Tout cela est à vous, et je ne vous demande rien en échange, vous le savez bien.

Pour la première fois de sa vie et grâce à la rudesse de mes attaques, Jacques, frappé au cœur, avait trouvé la véritable éloquence. L'expression du visage, l'accent, le geste, tout était sincère, par conséquent sérieux et fort. Ce fut une révélation pour nous tous et surtout pour mademoiselle de Nives, qui ne l'avait encore jamais pénétré. Elle sentit ses torts et lut dans sa propre conscience. Elle fit le mouvement d'une personne que le vertige a saisie au bord d'un précipice, et qui se rejette en arrière ; mais elle se rapprocha instinctivement de ce cœur dont elle avait senti pour la première fois le robuste battement près du sien, et de là s'adressant à Émilie :

— C'est toi qui devrais me faire les plus durs reproches, lui dit-elle, car j'ai été, à ce qu'il paraît, ingrate envers ton frère et coquette avec ton cousin ! Comme de coutume, tu ne dis rien, et tu souffres sans te plaindre. Eh bien ! je te jure que je réparerai tout, et que je serai digne de ton amitié !

— Dieu vous entende ! mademoiselle, lui dis-je en lui tendant la main. Pardonnez-moi de vous avoir fait souffrir. Je crois avoir dégagé la vérité du labyrinthe où vous avait poussée la Charliette. Vous réfléchirez, j'y compte, et vous ne vous exposerez plus à des aventures dont les conséquences pourraient tourner contre vous. Parlons affaires maintenant, et voyons comment vous pourrez être réintégrée dans vos droits sans éclats et sans déchirements. Sachez que je n'ai accepté la confiance de votre belle-mère qu'à la condition de me poser en conciliateur. Je ne m'intéresse point à elle personnellement ; mais elle a fait une chose habile : elle sait que j'adore les enfants, qu'en toute cause où ces pauvres innocents sont mêlés, c'est leur intérêt que je plaide, et, bon gré mal gré, elle m'a confié sa fille. Elle est là, belle et bonne, la pauvre Ninie, et, autant que je puis croire, médiocrement heureuse. Son sort sera pire avec une mère aigrie par la pauvreté.

— N'en dites pas davantage, monsieur Chantebel ! s'écria mademoiselle de Nives. Réglez vous-même, et sans me consulter, les sacrifices que je dois faire, puis vous me donnerez une plume, et je signerai sans lire. Vous connaissez ma fortune, et je ne la connais pas. Arrangez tout pour que Ninie soit aussi riche que moi : c'est pour vous dire cela que j'ai voulu vous voir !

En parlant ainsi, la généreuse fille se tourna vers la fenêtre comme pour envoyer un baiser à sa sœur ; mais, ne la voyant plus, elle l'appela et ne reçut pas de réponse.

— Mon Dieu ! dit-elle en courant vers la porte, où peut-elle être ? je ne la vois plus !

Au même instant, la porte s'ouvrit impétueusement, et Ninie s'élança dans les bras de mademoiselle de Nives en s'écriant d'une voix étranglée par la peur :

— Cachez-moi, cachez-moi ! maman ! Elle vient, elle court, elle monte, elle vient pour me chercher et pour me battre. Ne me rendez pas à maman, cachez-moi !

Et, prompte comme une souris, elle se fourra sous la grande table que recouvrait jusqu'à terre un épais tapis.

Chapitre XIV

Il n'était que temps. Madame de Nives, pâle et fiévreuse, entrait à son tour, absolument comme chez elle, sans frapper et sans s'annoncer. Marie s'était tournée vers la fenêtre, ne laissant voir que son fichu noir et blanc, son chignon blond coquettement frisotté et son chapeau de paille retroussé par derrière. Miette, sans être habillée en paysanne, avait gardé l'habitude de porter ce gentil chapeau auvergnat qui s'est fondu avec les modes nouvelles de manière à paraître élégant sans cesser d'être original.

— Pardon, monsieur Chantebel, dit madame de Nives, qui au premier abord prit ou feignit de prendre ces deux demoiselles pour des paysannes, vous êtes ici en consultation ; je ne savais pas. Pardon, mille fois ! Je cherchais ma fille, je la croyais ici. On m'avait dit chez vous que vous l'aviez emmenée de ce côté. Dites-moi où elle est pour que je l'embrasse. J'irai attendre dans votre jardin que vous ayez le loisir de m'entendre à mon tour.

Pendant que la comtesse parlait, j'avais jeté les yeux sur les derrières du donjon, que l'on voyait par une fenêtre opposée à celle qu'occupait mademoiselle de Nives, et j'avais aperçu la Charliette épiant et attendant dans la partie ruinée et abandonnée du manoir. Dès lors madame de Nives me paraissait parfaitement renseignée et je répugnais à une feinte inutile.

— Vous ne me dérangez pas, madame la comtesse, lui dis-je. Je suis ici en famille. S'il y a consultation, vous ne serez pas de trop.

Et lui avançant un fauteuil, j'ajoutai :

— Mademoiselle Ninie est ici ; mais elle était en train de jouer à cache-cache, et elle ne vous voit pas. – Allons, mademoiselle, continuai-je en relevant le tapis, c'est votre maman, courez donc l'embrasser.

Ninie obéit avec une répugnance visible. Sa mère l'empoigna plutôt qu'elle ne la prit et l'assit sur ses genoux en lui disant d'un ton sec :

— Eh bien ! quoi ? êtes-vous folle ? ne me reconnaissez-vous pas ?

Pendant que Ninie embrassait sa mère avec plus de crainte que d'amour, mademoiselle de Nives, avide de savoir si l'enfant était une victime comme on le lui avait dit, s'était retournée pour obser-

ver ce baiser glacial. Les yeux clairs et froids de la comtesse s'atta-
chèrent sur les siens, et je la vis tressaillir comme à l'aspect d'une
vipère. Sans doute elle n'eût pas reconnu sa belle-fille tout de suite
et sous ce déguisement, si elle n'eût pas été avertie. Elle l'était, car
elle ne la confondit pas un instant avec Miette, et un sourire féroce
contracta ses lèvres.

— Vous prétendez, monsieur l'avocat, me dit-elle d'une voix haute
et claire, que je ne serai pas de trop dans la consultation que j'ai
interrompue. Autant que je puis croire, il s'agit d'un mariage entre
deux demoiselles et deux messieurs. Il y en a une que je connais ;
lequel des prétendus est le sien ?

— Le voici ! répondit sans hésitation mademoiselle de Nives en
montrant mon neveu. C'est M. Jacques Ormonde. Dans quinze
jours, les bans seront publiés, et, bien qu'à cette époque votre
consentement ne me soit plus nécessaire, j'espère, madame, que
par bienséance vous daignerez approuver mon choix.

— Il le faudra bien, répondit la comtesse, puisque c'est ce monsieur qui, à ce qu'il paraît, vous a enlevée.

— Ce monsieur, répondit Jacques, à qui la joie donnait de l'aplomb,
se permettra de faire observer à madame la comtesse que mademoiselle Ninie est de trop ici, et qu'elle s'amuserait mieux dans le
préau.

— Avec la Charliette, qui rôde toujours par là ? lui dis-je en éle-
vant la voix ; non, conduis l'enfant à sa bonne, qui l'attend dans les
vignes, et tu reviendras ici. Si ta future doit faire quelques concessions, nous avons besoin de ton agrément.

— Elle peut faire toutes les concessions qu'elle voudra, répondit
Jacques en prenant Ninie, qui le suivit avec une confiance instinc-
tive ; elle vous a donné carte blanche, je vous la donne aussi, mon
oncle ! – et il emmena l'enfant, suivi du regard par la comtesse,
qui songeait beaucoup moins à sa fille qu'à examiner les traits et la
tournure de Jacques avec une curiosité hautaine et railleuse.

— C'est donc là, dit-elle aussitôt qu'il fut sorti, l'objet de la grande
passion de mademoiselle de Nives ?

— Ce jeune homme est mon neveu, répondis-je, le fils de ma
sœur chérie, un être excellent et un très galant homme.

— Ou un homme très galant ? Monsieur Chantebel, vous êtes indulgent, on le sait, pour les membres de votre famille ! Je vois que vous passez condamnation sur le fait de l'enlèvement. Ce fait-là pourtant ne sera pas approuvé par tout le monde.

— Ce fait-là restera ignoré, car personne ici ne le divulguera par égard pour mademoiselle de Nives et pour vous.

— Pour moi ? par exemple !

Je fis un geste pour écarter les autres témoins, et m'approchant tout près d'elle, je lui dis tout bas :

— Pour vous, madame, qui étiez d'accord avec la Charliette pour amener ce scandale et déshonorer mademoiselle de Nives !

Elle devint pâle comme si elle allait s'évanouir, mais, luttant encore, elle me répondit à voix basse :

— C'est un affreux mensonge de cette femme, et que vous ne prouverez jamais !

— Voulez-vous que je la fasse monter ? elle est encore là !

— Pourquoi la faire monter ? reprit-elle d'un air égaré.

— Vous la sommerez devant nous tous de dire la vérité. La récompense que vous lui avez promise sera à ce prix, et au besoin nous ferons ici une collecte qui lui déliera la langue. Elle produira vos lettres.

La comtesse murmura faiblement ces mots :

— Ne faites pas cela ! Je suis dans vos mains, épargnez-moi !

Puis elle s'affaissa sur son fauteuil et eut une véritable syncope. J'avais deviné juste. La force des vraisemblances m'avait conduit à la vérité. J'ai su plus tard les détails. La Charliette avait naturellement rançonné, exploité, trompé et trahi tour à tour tout le monde.

Ma nièce et mademoiselle de Nives étaient venues au secours de madame de Nives avec empressement. Elle reprit ses sens très vite et voulut renouer la conversation. Je la priai de ne pas se fatiguer inutilement.

— Nous pouvons, lui dis-je, reprendre la conférence plus tard, ce soir ou demain.

— Non, non, dit-elle, tout de suite ! d'autant plus que je n'ai rien à dire. Je n'ai qu'à attendre les propositions que l'on croira devoir me faire à la veille d'une liquidation générale de nos intérêts.

— Il n'y a plus de proposition, répondis-je. Vous avez pensé que mademoiselle de Nives, s'étant laissé entraîner à de graves imprudences, aurait besoin de votre silence et d'un généreux pardon de votre part. Les choses ont changé de face, vous venez de le comprendre. Le silence est dans l'intérêt commun, et le pardon n'est plus qu'une affaire de convenances, disons mieux, de charité chrétienne. Mademoiselle de Nives est maîtresse absolue d'une fortune considérable, j'en ai maintenant le chiffre, je me le suis procuré en votre absence. Elle a le droit de vous demander des comptes de tutelle qui monteront, ainsi que je l'avais prévu et calculé, à environ deux cent quarante mille francs ; mais elle ne veut pas que sa sœur soit élevée dans la gêne et les privations. Elle vous donnera purement et simplement quittance de toutes les sommes dépensées ou économisées par vous pendant sa minorité : c'est donc à vous, madame la comtesse, de lui adresser, je ne dirai pas des remercîments, mais de lui témoigner au moins la satisfaction qu'une mère doit éprouver en pareille circonstance.

Madame de Nives avait cru pouvoir tirer meilleur parti de ses machinations indignes. Elle était là, matée, écrasée par moi. Elle essaya de parler, ne put trouver un mot et fit à mademoiselle Marie une espèce de sourire grimaçant avec une inflexion saccadée de la tête ; elle retrouva cependant assez de force pour dire que Léonie serait encore bien pauvre, vu que les économies qu'on pouvait faire dans le grand et dispendieux château de Nives étaient une supposition toute gratuite de ma part.

— Je n'en sais rien, moi, répondit mademoiselle de Nives en se levant. Monsieur Chantebel aurait-il la bonté de me dire approximativement à combien s'élèvera le chiffre de mes revenus ?

— Si vous vendez la terre de Nives, mademoiselle, vous aurez environ cinquante mille livres de rente. En la conservant, vous en aurez trente. – Et maintenant, reprit-elle, voulez-vous bien demander à madame de Nives combien de rentes il lui faut, à elle, pour vivre dans l'aisance et la sécurité ?

— Je ne connaîtrai plus jamais ces deux biens-là, dit la comtesse ; il me faudrait pour élever ma fille, sans qu'elle eût à souffrir de ce changement de situation, au moins quinze mille francs par an.

— Ce qui, avec vos petites économies, dont je sais aussi le chiffre, vous constituerait une existence égale à celle que vous avez menée depuis votre mariage. Mademoiselle de Nives appréciera si votre affection pour elle mérite un pareil sacrifice.

— Je le ferai, s'écria précipitamment Marie.

Et, avisant Jacques, qui rentrait, elle lui prit la main en ajoutant :

— Nous le ferons, ce sacrifice ; mais à une condition, sans laquelle je m'en tiendrai à ce que M. Chantebel a formulé : la quittance pure et simple.

— Quelle est donc cette condition ? dit madame de Nives, dont les yeux d'acier brillèrent d'un éclat métallique.

— Vous me donnerez ma sœur, et vous me céderez tous vos droits sur elle. À ce prix, vous serez riche, vous vivrez où vous voudrez, excepté à Nives, où je compte m'établir. Vous verrez Léonie, mais elle sera à moi, à moi seule ! Jacques ! vous y consentez ?

— Avec joie ! répondit-il sans hésiter.

Madame de Nives ne me parut pas foudroyée, comme son rôle l'eût comporté. L'idée n'était pas neuve pour elle, Marie l'avait communiquée à la Charliette, et la comtesse avait pu y réfléchir. Elle feignit pourtant un nouvel évanouissement, plus profond et moins réel que le premier. Marie et Miette s'en émurent.

— Tout cela est trop cruel, prétendait ma nièce ; cette dame est malade et ne peut pas supporter de pareilles émotions. Qu'elle soit méchante, c'est possible ; mais elle ne peut pas être indifférente pour sa fille, et on lui en demande trop !

— Laissez-moi seul avec elle, leur dis-je, et ne vous inquiétez de rien. Allez m'attendre à la maison, et, si madame Chantebel est rentrée, dites-lui de faire préparer un bon dîner pour nous remettre tous de nos émotions.

Quand ils furent partis, madame de Nives ne me fit pas attendre longtemps la reprise de possession de ses facultés. Elle versa quelques larmes pour rentrer en matière, en s'écriant que c'était horrible et que mademoiselle de Nives se vengeait d'une manière atroce.

— Mademoiselle de Nives ne se venge pas, répondis-je. Elle est réellement d'une douceur et d'une mansuétude remarquables. Elle ne vous a pas adressé une parole amère dans une circonstance où tout le mal que vous lui avez fait devait soulever son cœur contre vous. Elle a pris réellement Léonie en passion, et je crois que l'enfant y répond autant qu'il est en elle.

— Il est certain que ma fille aime tout le monde, excepté sa mère ! C'est un naturel terrible. On l'a de trop bonne heure indisposée contre moi.

— Je le sais, et c'est un grand mal ; mais il y a de votre faute, vous n'avez pas su vous faire aimer d'elle et respecter par vos gens.

— Vous ne pouvez pas me conseiller pourtant de l'abandonner à une folle qui prend fantaisie de tout, et qui ne s'en souciera bientôt plus ?

— Si elle ne s'en soucie plus, elle vous la rendra ; mais alors adieu les quinze mille livres de rente ! Faites donc des vœux pour que les deux sœurs fassent bon ménage !

Madame de Nives trouvait l'argument très juste, je le voyais bien ; mais elle se débattit encore pour la forme.

— Vous croyez donc réellement, reprit-elle, que mademoiselle de Nives est capable d'élever convenablement une jeune fille ?

— Si vous m'eussiez fait cette question hier, je vous aurais dit : Non, je ne le crois pas. Je ne l'avais pas encore vue à l'œuvre ; tandis qu'aujourd'hui, ici, devant vous, je l'ai prise en grande estime. Cette générosité enfantine a un côté sublime qui l'emporte sur les peccadilles d'une imagination surexcitée. Je venais de la gronder fort quand vous êtes entrée ; elle m'en a puni en se montrant admirable de repentir et de sincérité. Je suis tout à elle maintenant, ce qui ne m'empêchera pas de vous servir encore en veillant à ce que votre rente constitue un engagement sérieux et inviolable.

— Ah ! oui, voilà ce qu'il faut surtout ! s'écria involontairement la comtesse ; il faut que ce ne soit pas un leurre, cette pension !

— Il faut aussi, repris-je, que ce ne soit pas un chantage ! il faut que la pension cesse le jour où vous feriez valoir vos droits sur Léonie.

— C'est entendu, dit la comtesse avec humeur ; mais si mademoiselle Marie, qui ne sait pas ce que c'est que l'argent, vient à se ruiner ! Je veux une hypothèque sur la terre de Nives.

— On vous la donnera, mais ne craignez pas qu'elle se ruine ; du moment qu'elle épouse Jacques Ormonde, elle s'enrichira au contraire.

— Et ce fameux Jacques Ormonde qu'on dit être un beau vainqueur rendra sa femme, par conséquent ma fille, heureuses ?

— Ce beau vainqueur est un cœur d'élite et un naïf de la plus belle eau.

— Et, en attendant le mariage, que vais-je faire de ma fille, qui ne songe qu'à me fuir, et dont il faut que je me déshabitue pour avoir le courage de la quitter ?

— Vous irez à Nives pour faire vos préparatifs de départ. Ninie restera chez moi avec mademoiselle Marie, qui, étant fiancée à Jacques, doit rester désormais sous la garde de son futur oncle.

— Mais votre fils !... Votre fils vient d'avoir aussi, je le sais, une intrigue avec elle !

— C'est un mensonge de la Charliette. Mon fils est un honnête homme et un homme sérieux. Il est possible que la Charliette eût souhaité l'exploiter aussi ; mais il est plus malin que Jacques. Pourtant, comme il ne faut pas donner prise à la médisance, mon fils ira passer la fin de ses vacances avec son cousin à Champgousse, et on ne se réunira ici qu'à la veille du mariage. Nous signerons ce jour-là les actes qui vous concernent en même temps que le contrat, et en attendant, comme vous voici tout à fait calme, vous allez venir dîner chez nous avec ma famille et la vôtre.

— Impossible ! je ne peux pas revoir tout ce monde, Ninie surtout ! Cette enfant, qui me quitte avec joie, fait mon supplice !

— C'est un supplice mérité, madame de Nives ! Vous avez voulu perdre, ruiner et avilir la fille de votre mari, vous vouliez qu'elle fût religieuse ou déshonorée, c'était trop, vous avez lassé la patience de Dieu ! N'abusez pas de celle des hommes, et faites tout pour qu'ils ignorent les secrets desseins de votre âme coupable. Offrez votre fille en réparation de vos cruautés, et acceptez en retour les biens de la terre pour lesquels vous avez travaillé avec tant de persévérance et si peu de scrupule. Il vous faut dîner chez moi, parce que vous avez dit à ma femme tout le mal possible de mademoiselle Marie. Je ne vous demande pas de vous confesser à elle et de vous rétracter ; mais nous lui dirons que vous vous êtes réconciliée avec votre belle-fille, et que, par mes soins, un arrangement a été conclu qui satisfait tout le monde.

Chapitre XV

Madame de Nives céda, prit mon bras, et nous descendîmes vers ma maison. Comme nous sortions du bois de pins, j'aperçus encore la Charliette, qui nous espionnait très inquiète pour elle-même du résultat de nos pourparlers.

— Il faut en finir avec cette coquine, dis-je à la comtesse.

— Non, non ! répondit-elle effrayée, je ne veux plus la voir.

— Pour cela, il faut la payer.

Et, me tournant vers la Charliette, je lui fis signe de venir à nous. Elle ne se fit pas prier pour accourir.

— Le moment de régler vos comptes est venu, lui dis-je ; nous sommes tous d'accord à présent pour vous défendre d'importuner aucun de nous. M. Jacques Ormonde vous a versé trois mille francs, c'est plus qu'il ne fallait. Il n'a plus besoin de vous. Mademoiselle de Nives vous donne également trois mille francs. Combien vous en a promis madame la comtesse de Nives ici présente ?

— Dix mille, répondit effrontément la Charliette.

— Cinq mille seulement, reprit la comtesse hérissée d'indignation.

— Vous viendrez chez moi, repris-je, le jour de la majorité de mademoiselle de Nives, toucher la somme de huit mille francs, après quoi vous n'aurez plus rien à espérer de personne.

— C'est peu pour tant d'ouvrage, répondit la Charliette. Si je disais tout ce que je sais !...

— Vous pouvez le dire, s'il vous plaît d'être chassée de partout comme une intrigante et entremetteuse. Si vous parlez de nous, nous parlerons de vous aussi ; prenez garde !

La Charliette s'enfuit effrayée, et, durant les dix minutes de descente qui nous conduisirent à mon logis, je vis madame de Nives se rasséréner rapidement. Cette femme, dont l'avarice était le seul mobile et la seule passion, me faisait horreur. Je n'en fus pas moins fort poli, respectueux et attentionné pour elle. Je lui avais dit son fait, j'avais gagné la bonne cause, je n'avais plus de bile à exhaler, et j'étais content de moi-même. Je la conduisis à une chambre où elle désirait se reposer quelques instants. Madame Chantebel n'était pas rentrée ; Miette s'était courageusement mise à l'œuvre pour nous faire dîner. Elle était un *cordon bleu*, connaissait mes goûts, et était adorée de mes servantes. Je vis avec plaisir que nous dînerions bien, qu'aucun plat ne serait manqué, ma femme n'étant pas là pour exciter les nerfs de sa cuisinière par trop d'ardeur.

Ce qui me fit plus de plaisir encore, ce fut de voir Henri souriant près de Miette et l'aidant avec gaîté ; il avait ôté son habit et s'était drapé d'un tablier blanc. Cela était si contraire à ses goûts et à ses habitudes de tenue sérieuse que je ne pus lui dissimuler ma surprise.

— Que veux-tu ? me dit-il, il y a ici des héroïnes de drame et de roman qui seraient fort embarrassées de nous faire seulement une omelette. Émilie, qui est cependant pour moi la seule et la vraie héroïne du jour et qui ne cherche à fixer l'attention de personne, se consacre à notre service comme si elle n'était bonne qu'à cela. Il est juste que je tâche de lui épargner de la peine, ou tout au moins que je la fasse rire par mes gaucheries.

Et, comme Miette s'éloignait pour veiller à la pâtisserie :

— Vois, me dit-il, comme elle est adroite et alerte ! Avec sa robe de soie et ses fichus garnis, elle ne prend aucune précaution, et pourtant elle ne se fera pas une tache. Elle est là dans son élément, l'intérieur, la vie de campagne et de famille.

— Il faut l'y laisser, répondis-je avec une intention malicieuse. Il n'y a pas là dedans assez de poésie pour un jeune homme de ton époque.

— Pardon, mon père, je trouve qu'il y en a, moi ! La poésie est partout pour qui sait la voir. Il y en avait jadis à Vignolette, quand, au beau milieu de sa grande cuisine noire, où reluisaient les gros ventres des vases de cuivre, je regardais Miette pétrissant dans ses jolis doigts les galettes de notre déjeuner. C'était un tableau de Rembrandt avec une figure du Corrège au milieu. Dans ce temps-là, je sentais le charme de cette vie intime et de cette femme modèle. J'ai tout oublié, et aujourd'hui voilà que je revois le passé à travers le fluide renouvelé. Miette est beaucoup plus belle qu'autrefois, elle a plus de grâce encore. Avec cela, j'ai faim, l'odeur de ses mets me semble délicieuse. L'animal est d'accord avec le poète pour me crier : La vérité est là, une existence bien réglée et bien pourvue, une femme adorable, un fonds inépuisable de confiance, de respect et de tendresse mutuels.

— Te voilà dans la pleine lumière du cœur et de la raison ; ne le diras-tu pas à Émilie ?

— Non, je n'ose pas ; je ne suis pas encore digne de pardon. Miette a souffert par ma faute, je le sais. Elle a vu son frère malheureux à cause de moi ; elle a cru pendant un jour ou deux que j'étais épris de l'héritière et que je me prêtais à la compromettre pour évincer Jacques. Sans toi, cher père, sans les rudes explications d'aujourd'hui, elle le croirait peut-être encore. Sais-tu qu'un moment tu m'as effrayé ? mais quand tu m'as mis dans la nécessité de dire à mademoiselle de Nives devant tous ce que je devais penser, ce que j'avais réellement pensé de sa légèreté, j'ai compris que tu me rendais un grand service, et je me suis trouvé tout d'un coup maître et content de moi-même. Si l'étrangeté de Marie m'a surpris un instant, nul que moi ne doit jamais le savoir, et, si elle-même a conçu quelque doute à cet égard, je suis heureux que tu m'aies donné le moyen de la dissuader. Elle se doit à Jacques, oui, certes, et à personne autre. Au milieu de ses petitesses d'enfant, elle est grande. Jacques a le gros bon sens qui lui manque, et, comme il l'adore, il le lui communiquera sans qu'il le sache lui-même, et sans qu'elle sente l'enseignement. Il dira toujours comme elle, mais il fera en sorte qu'elle pense à son tour comme lui.

— Bien raisonné, mon fils, et à présent que Dieu nous aide ! Dans ces dénouements que les circonstances pressantes nous forcent parfois à improviser, la vie ressemble fort à un roman fait à plaisir. Je t'avoue qu'en plaidant devant vous autres la cause de la raison et de la droiture, je ne m'attendais pas à un pareil succès, je ne voyais pas que deux beaux et bons mariages allaient sortir de ma parole simple et sincère ; mais où sont nos amoureux ?

— Là-bas, sur ce banc que tu vois d'ici. Ils attendent, je crois, avec impatience la décision de la comtesse à l'endroit de Ninie. Penses-tu qu'elle cède ?

— C'est un point acquis, répondis-je, et je cours le leur dire.

Miette revenait vers nous avec sa pâtisserie à enfourner.

— Je n'ai pas l'habitude d'embrasser mes cuisinières, lui dis-je en la baisant au front ; mais celle-ci est tellement à mon gré que je n'y peux pas tenir.

Jacques et Marie, me voyant sortir de l'office, accoururent à ma rencontre avec Ninie.

— Eh bien ! dit mademoiselle de Nives en me montrant l'enfant, puis-je espérer ?…

— Elle est à vous ! répondis-je tout bas, ne lui en dites rien, et tâchez qu'elle ne nous procure pas de nouvelles crises en refusant de dire convenablement adieu à sa mère.

— C'est bien simple, dit Jacques, – et, prenant Ninie dans ses bras :

— Écoutez, mademoiselle ; votre maman, voyant que vous vous trouvez bien ici, et que vous avez beaucoup d'amitié pour nous, consent à vous laisser quelques jours encore avec Suzette chez papa Bébel. Vous la remercierez, n'est-ce pas ? Vous l'embrasserez, et vous serez très gentille ?

— Oui, oui ! s'écria l'enfant en gambadant de joie, je serai gentille, quel bonheur ! Nous irons après dîner à la fontaine avec Suzette et mon dada Henri.

— C'est moi qui serai le dada, répondit Jacques en riant, et Suzette fera les bateaux.

— M'avez-vous pardonné, dis-je à mademoiselle de Nives, et consentez-vous à rester chez moi jusqu'à votre mariage ?

Marie prit mes mains avec cette effusion charmante qui rachetait tout, et, malgré moi, elle y colla ses lèvres.

— Vous m'avez sauvée, dit-elle, vous êtes et vous serez mon père ! J'ai tant besoin qu'on me dirige et qu'on m'aime véritablement ! Vous me rendrez digne de ce cher Jacques, qui me gâte, et à qui je ne peux pas arracher le plus petit reproche.

— C'est moi alors qui vous gronderai, et il vous donnera raison. Il vous dira que vous êtes la perfection…

— Ma foi oui ! s'écria Jacques, je le dirai !

— Et que je suis un vieux radoteur !

— Pour cela, non, reprit-il en me serrant sur sa poitrine à m'étouffer, c'est vous, toujours vous qui serez notre ange gardien !

Ma femme arriva sur ces entrefaites, et les bras lui tombèrent de surprise en me voyant embrasser les deux fiancés. Ses yeux n'étaient pas assez grands pour interroger le visage et le costume de mademoiselle de Nives.

— Madame Chantebel, dis-je en la lui présentant, veuillez, je vous prie, bénir et embrasser votre future nièce, une paysanne, comme vous voyez, mais très bien née et très digne de votre meilleure affection.

— Est-ce une plaisanterie ? dit ma femme ; Jacques se marierait comme cela tout d'un coup avec une personne que nous ne connaissons point ?

— Vous me connaîtrez en trois mots, dit mademoiselle de Nives. Je suis venue déguisée à Percemont pour consulter M. Chantebel. Il m'a dit qu'il approuvait mon mariage avec Jacques Ormonde. Ma belle-mère est survenue. M. Chantebel nous a réconciliées et même elle a consenti à me faire part d'un trésor inappréciable, l'enfant que vous voyez jouer là-bas, que vous chérissez aussi, et qui va devenir le mien.

— L'enfant ! votre belle-mère ! Je n'y suis pas du tout, dit ma femme stupéfaite. Est-ce un pari pour me mystifier ?

— Regarde, lui dis-je, cette belle dame qui rajuste sa toilette et qui passe et repasse devant la fenêtre de la chambre n° 2 dans ta maison !

— La comtesse de Nives ! Elle est ici ?

— Et mademoiselle Marie de Nives aussi.

— Et la comtesse donne sa fille, elle donne Ninie à…

— À la personne dont elle t'a si mal parlé, et qui ne le méritait pas. Quand je te disais que ta grande comtesse était un drôle de pistolet !

— Je trouve le mot bien doux à présent, car je suppose qu'il y a de l'argent dans tout cela.

— Beaucoup d'argent, car mademoiselle de Nives ne regarde à rien quand son cœur parle, et cela est d'autant plus beau qu'elle n'avait rien à craindre des calomnies dont on la menaçait. Émilie, Jacques, Henri et moi en tête, nous étions là pour la défendre et la disculper.

— Et tu reçois encore cette comtesse ? La voici installée chez nous ?

— Jusqu'à ce soir ! Elle a été fort agitée ; nous la soignons. Elle dîne avec nous.

— Ah ! grand Dieu, dîner ! Et moi qui n'étais pas là ! Une cuisinière qui ne sait rien, et qui n'a pas de cervelle !

— Aussi j'en ai pris une autre, une merveille que je veux te présenter. Tu n'embrasses pas ta future nièce ?

Marie s'approcha avec grâce et confiance, madame Chantebel s'attendrit, et quand mademoiselle de Nives, après ce baiser, prit sa main pour la baiser aussi en signe de respect, elle eut des larmes dans les yeux et fut vaincue.

— Ça n'empêche pas, me dit-elle en se dirigeant avec moi vers la cuisine, que Jacques fait là un mariage étonnant et bien au-dessus de sa condition ! Puisque tu t'entends si bien à faire des miracles, m'est avis, monsieur Chantebel, que tu aurais bien pu songer à ton fils avant tout autre. Henri eût été pour cette demoiselle un mari bien autrement convenable et agréable que le gros Jaquet.

— Madame ma femme, répondis-je, écoutez-moi. Laissons la cuisine aller son train, tout y marche à souhait ; causons un peu sous ces noisetiers, comme deux vieux amis qui ne doivent avoir qu'un seul cœur et une seule volonté !

Je racontai à ma femme tout ce qui s'était passé, et j'ajoutai :

— Tu vois donc que mademoiselle de Nives, attendue et espérée à bon droit par Jacques, ne devait pas être la femme d'un autre, à moins que cet autre ne fût un ambitieux sans scrupule.

— Tu as raison, monsieur Chantebel. Je ne dis pas non, seulement je regrette…

— Il n'y a rien à regretter. Henri sera heureux dans le mariage, plus heureux que qui que ce soit au monde !

— Je te vois venir, monsieur l'avocat ! tu veux qu'il épouse ta Miette Ormonde !

— Il le veut aussi, il l'aime !

— C'est toi qui le lui persuades !

— Non, je me suis gardé de vouloir l'influencer ; c'eut été le moyen de l'éloigner d'elle, et je ne suis pas si sot. Qu'as-tu donc contre ma pauvre Miette ?

— Contre elle ? Rien assurément, je lui rends justice ; mais c'est… c'est ce chapeau !

— Ce chapeau de village ? mademoiselle de Nives en a un pareil aujourd'hui et n'en a pas moins un air de comtesse.

— Oui, mais elle l'est pour tout de bon, cela se voit.

— Et tu trouves que Miette a l'air d'une maritorne ?

— Non pas, elle ressemble à sa mère, qui te ressemblait. Il n'y a pas d'air commun dans notre famille ; mais Miette est froide, elle n'aime pas Henri !

— Ah ! voilà l'erreur ! Miette te paraît froide parce qu'elle est digne et forte. Je croyais pourtant que tu la comprendrais, toi, car je me souviens d'une personne que j'aimais et recherchais en mariage autrefois… jadis ! Cette personne fut jalouse d'une petite blonde qui ne la valait pas, et que je fis danser, le diable sait pourquoi, à un bal de la préfecture. Or ma fiancée pleura, mais je n'en sus rien, et elle ne m'avoua son dépit qu'après le mariage.

— Cette personne-là, c'était moi, reprit ma femme, et j'avoue que l'on m'eût coupée par morceaux plutôt que de me faire avouer que j'étais jalouse.

— Pourquoi ça, dis-le ?

— Parce que… parce que la jalousie est une chose qui nous porte à douter de l'homme que nous aimons. Si nous étions sûres qu'il nous trompe, nous serions guéries de l'aimer ; mais nous ne sommes pas sûres, nous craignons de l'offenser et de nous abaisser devant lui par l'aveu de notre méfiance.

— C'est fort bien expliqué, ma femme ! et alors… on souffre d'autant plus qu'on le cache ?

— On souffre beaucoup, et il faut un grand courage ! Tu crois donc que Miette a ce courage-là ?

— Et cette souffrance ! d'autant plus que sa fierté a été blessée par quelqu'un.

— Par qui ?

— Je me le demande !

— C'est peut-être par moi ?

— C'est impossible !

— Eh bien ! c'est la vérité. Je l'ai brusquée, cette enfant, parce qu'elle semblait croire qu'Henri resterait à Paris. J'avoue que je le craignais aussi, et que j'en avais de l'humeur. Cela est retombé sur la pauvre Émilie. Je ne sais pas ce que je lui ai dit, elle est partie toute consternée, et, comme je ne l'ai pas vue depuis, j'ai cru qu'elle boudait ; mais je t'assure que je ne lui en veux pas, et que je l'aime comme auparavant.

— Le lui diras-tu ?

— Tout de suite ! Tu dis qu'elle est ici, où se cache-t-elle ?

— Dans la cuisine avec Henri.

— Henri à la cuisine ? Voilà du nouveau ! Lui, si aristocrate !

— Il prétend que rien n'est si distingué qu'une jeune et belle fille au milieu des soins du ménage, et rien de si respectable qu'une mère de famille comme toi prenant souci du bien-être des siens.

— Ça veut dire que je devrais aller faire le dîner ?

— Ça veut dire qu'Émilie s'en est chargée et qu'Henri la contemple en se disant que la femme qu'il aimera sera une personne utile, sérieuse, dévouée et charmante comme madame sa mère.

— Monsieur Chantebel, tu as une langue dorée ! Le serpent sifflait comme toi dans le paradis ! Tu fais de moi ce que tu veux, et tu prétends cependant que c'est moi qui suis la maîtresse !

— Oui, tu es la maîtresse, car, si tu repousses Miette, il faut bien qu'Henri et moi nous y renoncions.

En ce moment, Henri vint nous annoncer que le dîner était prêt, et, lisant dans mes yeux, il embrassa sa mère et lui dit :

— Mère, j'ai un secret à te dire après dîner.

— Dis-le tout de suite, répondit-elle émue, le dîner attendra. Tant pis, je veux tout savoir !

— Eh bien ! il ne faut que deux mots, ma chère mère, j'aime Émilie, je l'ai toujours aimée ; mais je ne veux pas le lui dire sans ta permission.

Ma bonne chère femme ne répondit rien et courut à la cuisine. Elle trouva Miette dans l'office, lavant et essuyant ses jolies mains. Elle la prit par les épaules, puis par le cou, et l'embrassa maternellement à plusieurs reprises. Miette lui rendit ses caresses avec des yeux pleins de larmes et un adorable sourire sur les lèvres.

— Il n'y a pas besoin d'autre explication, leur dis-je, ceci est la meilleure.

En effet, Henri remerciait et embrassait aussi sa mère. On alla se mettre à table.

Le dîner fut si bon que, malgré la grande contrainte du premier moment, on ne put résister à cette entente, bestiale, si l'on veut, mais profondément cordiale, de gens qui communient ensemble après la fatigue d'une lutte et les bénéfices d'une réconciliation. Je n'aime pas manger beaucoup et longtemps, mais j'aime une table élégamment pourvue de mets d'un certain choix. Nos pensées, nos facultés, notre disposition intellectuelle et morale, dépendent beaucoup de la distinction ou de la grossièreté des aliments que nous avons ingérés. Ma femme, plus petite mangeuse encore que moi, fut presque gourmande ce jour-là, avec l'intention bien évidente pour moi de complimenter Émilie et de lui répéter qu'elle baissait pavillon devant elle.

Comme j'aime à étudier les caractères, et que tout m'est un indice, je remarquai que mademoiselle de Nives ne vivait que de crèmes, de fruits et de bonbons, tandis que madame Alix de Nives, avec sa maigreur et sa complexion grêle, avait le robuste appétit des avares quand ils dînent chez les autres. Le gros Jaquet engouffrait tout gaîment, avec un entrain sincère et florissant ; mais cette personne anguleuse, à la bouche serrée, au joli nez droit, trop plat en-dessous, avait l'air de faire avec soin dans son estomac la provision que les rongeurs font dans leur nid aux approches de l'hiver. Le vice est une chose laide, et la peinture en est maussade, parce qu'on ne peut se défendre d'en voir le côté sérieux ; mais, quand on s'est dépêtré de ses embûches, il est permis d'en apercevoir les côtés risibles et de s'en amuser intérieurement, comme je le faisais en remplissant l'assiette de la comtesse, placée à ma droite et traitée par nous tous avec toutes les formes de la meilleure hospitalité. On avait placé la chaise de Ninie auprès d'elle. Elle mit de l'affectation à l'envoyer auprès de mademoiselle de Nives.

— À côté de Suzette ? s'écria l'enfant. Ah ! maman, que vous êtes gentille !

— C'est la première parole aimable qu'elle m'ait adressée en sa vie, me dit madame Alix à voix basse.

— Et ce ne sera pas la dernière, répondis-je. Trop livrée à vos domestiques, elle apprenait d'eux la méfiance et la révolte. Élevée sainement par des âmes généreuses, elle rapprendra à vous respecter.

Fort rassurés sur son compte, nous la mîmes dans sa voiture, à la nuit tombée, et Marie apporta une dernière fois l'enfant dans ses bras en lui répétant qu'on se reverrait dans quinze jours. Madame Alix crut alors devoir faire quelques haut-le-corps, comme une personne qui sanglote ; puis, se penchant vers moi en me rendant Ninie :

— Rappelez-vous, me dit-elle, que je veux une hypothèque !

Comme la voiture partait, j'eus un fou rire qui ébahit Miette et ma femme, aussi naïves l'une que l'autre, et toutes disposées à s'attendrir.

— Vraiment, monsieur Chantebel, tu as le cœur trop dur ! s'écria Bébelle, – c'est ainsi que désormais, à l'exemple de mademoiselle Ninie, on appelait ma femme.

— Oh ! toi, qui sais tout, lui répondis-je, tu ne vas pas plaindre le vautour qui digère agréablement la fortune qu'on lui donne, avec le bon dîner que nous lui avons servi !

Quand j'eus causé en liberté avec ma chère famille, Jacques Ormonde éleva une objection contre une des parties de mon plan.

— Je ne demande pas mieux, dit-il, que de retourner à Champgousse, m'y voilà habitué ; mais j'avoue que je ne suis plus si pressé d'y bâtir une maison de maître, vu que mademoiselle Marie veut habiter son château, et que je n'ai pas de raisons pour regretter ma métairie. Le pays n'est pas gai, et mon taudis est déjà étroit pour moi tout seul ; je crois que, même pendant une quinzaine, Henri, que vous condamnez à cet exil, s'y trouvera fort mal. Je propose un amendement : avec deux lits que l'on porterait à la tour de Percemont, nous serions là gaîment, plus près de vous, et les convenances seraient sauvées.

— Non, c'est trop près, répondis-je. Nous avons tous besoin de faire une petite retraite de sentiment et de philosophie avant de nous réunir dans l'ivresse de la joie ; mais j'adoucirai la sentence, car je voudrais être à même de m'entendre facilement avec vous deux. Henri adore Vignolette, qui est à deux pas, et nous avons besoin d'Émilie chez nous pour toute sorte de préparatifs. Elle restera donc ici, et tu résideras chez ta sœur avec mon fils.

Cette conclusion fut adoptée et on ne trouva aucun inconvénient à se réunir tous les dimanches pour dîner, soit à Vignolette, soit chez nous.

Je prévoyais bien que le mariage de Jacques ne pourrait pas avoir lieu avant six semaines. Nous avions besoin du temps voulu pour régler l'établissement de la fortune et les conditions de l'abandon de Ninie. Et puis je ne voulais pas brusquer ce mariage, qui avait été enlevé par surprise. Je savais bien que mademoiselle de Nives n'aurait pas à s'en repentir, mais il ne fallait pas la laisser à elle-même, et je voulais consacrer le plus de jours possible à son éducation intellectuelle et morale.

L'aimable enfant me rendit la tâche facile. Je pus aborder avec elle les questions délicates relatives à l'amour, au mariage et au célibat monastique. Je trouvai bien en elle quelque regret de ce renoncement qu'on lui avait toujours présenté comme une condition de grandeur et de pureté. J'eus à détruire beaucoup d'idées fausses sur le monde et sur la famille. Elle ne pouvait avoir et n'eut pas de défense systématique ; elle était, grâce à Dieu, fort ignorante. Je n'eus à combattre qu'une exaltation du sentiment. Je lui fis comprendre que le premier emploi de nos forces et de nos ressources était d'élever une famille et de donner à l'humanité des membres dignes du nom d'hommes. Je l'initiai au respect de cette loi sacrée, qu'on lui avait montrée comme le pis-aller du labeur et des mérites d'une âme. Elle m'écoutait avec surprise, avec ardeur, et, très sensible aux bons effets d'une parole claire et bienveillante, elle prétendait qu'aucun prédicateur ne l'avait émue et ravie autant que moi.

De son côté, l'excellente Émilie lui donnait l'instruction nécessaire. Elle avait déjà entrepris à Vignolette de lui faire de bonnes lectures ; mais, préoccupée ou exaltée, l'élève avait fatigué la maîtresse en pure perte. Cette fois elle fut attentive et docile. L'intelligence ne lui manquait pas, et je dois dire que Miette, avec sa simplicité calme, était un professeur excellent. Miette aimait à faire bien tout ce qu'elle faisait. Du couvent, où elle était entrée paysanne, elle était sortie sachant tout mieux que ses compagnes, et elle avait continué de s'instruire lorsqu'elle était rentrée dans sa famille. Elle m'avait toujours consulté sur le choix de ses livres, et lorsqu'elle les avait lus, elle venait en causer avec moi, me présenter ses objections et me demander de les résoudre. Je voyais de reste alors qu'elle avait lu et bien lu, et j'admirais la paisible harmonie qui régnait dans ce cerveau, où la volonté et les habitudes rigides du devoir n'avaient rien desséché, rien éteint. Je savais bien quelle femme de haute valeur je souhaitais donner à mon fils, et mademoiselle de Nives, qui jusque-là n'avait connu que sa patience et sa bonté, comprit la supériorité de sa compagne. Au bout d'un mois, elle savait assez de choses pour ne plus avoir la ressource de se dire trop ignorante pour être judicieuse.

Chapitre XVI

Quand Marie eut vingt et un ans accomplis, c'est-à-dire quinze jours environ après son entrée chez moi, puis quand toutes les affaires furent réglées, signées, légalisées, terminées, et que madame Alix, satisfaite et repue, eut pris son vol pour Monaco, où elle voulait passer l'hiver, Jacques Ormonde vint avec Henri s'installer à la tour de Percemont. Il faisait encore beau temps, les cheminées ne fumaient pas, et l'on se vit tous les jours. Mademoiselle Ninie alla faire des bateaux avec sa sœur aussi souvent qu'elle voulut, et Bébelle eut table bien servie tous les jours sans se donner aucune peine, sans avoir de scènes dramatiques avec sa cuisinière. En quittant le bureau du professeur, Miette courait plumer une perdrix ou faire le beurre. Rien n'était jamais en retard d'une minute, même quand ma femme, qui était une nature inquiète, devançait les heures fixées par elle-même pour telle ou telle besogne. Avec cela, Miette conservait sans effort l'aveugle soumission de fait, qui est le *sine qua non* vis-à-vis d'une belle-mère de province, et dèslors celle-ci, se trouvant satisfaite dans son légitime orgueil de ménagère, lui laissa la gouverne absolue du ménage et avoua que le repos était parfois une douce chose.

De son côté, Jacques Ormonde avait subi et subissait à son grand profit l'influence d'Henri. Leur tête-à-tête à Vignolette avait été employé à se pénétrer mutuellement et à s'apprécier davantage.

— Nous n'avons pas songé à courir et à chasser, me disait Jacques. Croiriez-vous que nous nous sommes enfermés à Vignolette, comme deux ermites, et que nous n'avons fait d'autre exercice que de nous promener dans les vignes et le jardin en causant du matin au soir ? C'est que nous en avions tant à nous dire ! Vraiment nous ne nous connaissions plus. Henri me l'a avoué, il me prenait pour un estomac. Je lui ai avoué que je le prenais pour un cerveau. Nous avons découvert que nous avions avant tout des cœurs qui s'entendaient parfaitement. Émilie trouvera sa cave aussi bien rangée que quand elle nous en a remis les clefs. Nous n'avons bu que de l'eau d'Auval. Dès le premier jour, nous avons senti qu'il ne nous fallait pas d'excitants et que nous étions bien assez émus par tout ce que nous avions dans l'âme.

— C'est donc cela que je te trouve pâli, rafraîchi et comme rajeuni ? Continue ce régime, mon garçon, et en peu de semaines tu redeviendras le beau Jaquet.

— Soyez tranquille, mon oncle, je vois bien pourquoi, après avoir été la coqueluche de tant de femmes qui s'y connaissaient, j'ai échoué auprès d'une petite pensionnaire qui, sans vous, ne m'eût point aimé. Il s'agit de redevenir capable de plaire. Je n'ai pas envie de la faire rire à mon premier baiser.

— Ajoute une chose, lui dit Henri, c'est que tu as fait sur la vie des réflexions que tu n'avais jamais voulu prendre le temps de faire ! Nous nous sommes confessés mutuellement, nous ne valions guère mieux l'un que l'autre ; mais nous avons touché du doigt nos erreurs. Tu n'en cherchais pas assez, comme on dit ; moi, j'en cherchais trop : nous allons marcher dans le vrai, et, si notre vie n'est pas belle et bonne, j'espère que ce ne sera plus notre faute.

Jacques s'éloigna pour aller cueillir avec Marie et Ninie, qui fort à propos ne la quittait non plus que son ombre, le bouquet nouveau qui chaque jour ornait notre table de famille. La gelée n'avait pas encore sévi. Le jardin avait encore des reines-marguerites splendides, des roses-thé modèles, du réséda et de l'héliotrope à foison, des sauges pourpre, et ces grandes mauves dont la feuille naturellement gaufrée et frisée égaie et embellit les pyramides de fruits du dessert.

— Voyons, dis-je à Henri, que me raconteras-tu de toi-même ? Tu n'as rien dit à Miette, je le sais...

— Et je ne lui dirai rien, répondit-il. Je dirais mal, j'ai le cœur trop plein. J'ai retrouvé à Vignolette toute la suavité de mes premiers enivrements ; chaque feuille, chaque brin d'herbe était une page de ma vie et m'apportait du passé une image pure et brûlante. La demeure d'Émilie est un sanctuaire pour moi. Croirais-tu que je ne me suis pas permis de regarder dans sa chambre, même du dehors, par les croisées souvent ouvertes ? Au salon, je me contentais de regarder la broderie de ses meubles, dont chaque point patiemment nuancé et aligné était comme un reproche à mes heures perdues ou mal employées loin d'elle. Quel effrayant contraste entre la vie d'une fille pure et celle du moins dépravé des garçons ! Émilie a déjà vingt-deux ans ; elle en a passé trois ou quatre à attendre que mon bon plaisir me ramenât auprès d'elle, les années les plus difficiles peut-être dans la vie d'une femme ! Elle a surmonté la souffrance de la solitude ou elle l'a acceptée, et il suffit de regarder le velouté de ses joues, la pureté de ses paupières lisses et de ses lèvres rosées pour voir que jamais une idée impudique ou seulement hardie n'a jeté son ombre sur cette fleur, sur ce diamant. Jacques, dans ses heures d'abandon, me confessait ses grosses fredaines, et je ne riais pas, parce que je me rappelais mes mauvaises ivresses. Si je suis réconcilié avec moi-même en raison de mes bonnes résolutions, je ne suis pas encore débarrassé d'une certaine honte en présence d'Émilie. Nous voilà enfin réunis, vivant sous les yeux l'un de l'autre. À tout instant où je puis l'approcher sans être importun, je cherche son sourire, je lui offre mes soins, je parle avec elle de notre ancien temps, c'est-à-dire de nos anciennes et heureuses amours ! Elle n'a rien oublié, je le vois bien ; elle me sait gré de ma bonne mémoire et elle rit ou soupire au souvenir de nos chagrins et de nos joies d'enfant. Elle comprend bien que je ne ravive pas ardemment tout ce passé pour l'ensevelir dans un stérile regret ; mais, quand je suis prêt à mettre dans le présent le mot *bonheur*, je m'aperçois qu'il faut commencer par celui de *pardon*, et, sentant que je n'y aurai droit qu'après des années réparatrices, je ne dis plus rien. Quand donc, hélas ! verrai-je approcher le jour où je pourrai lui dire : Sois ma femme !

— Veux-tu me permettre, répondis-je, de te donner, à propos d'amour, une leçon de haute philosophie pratique ?

— C'est ce que je te demande en te racontant mes angoisses.

— Eh bien ! il ne faut pas faire de confessions à sa femme. Un homme d'honneur ne trahit pas le secret des femmes, qui se sont confiées à lui, quand il y a eu secret, et, quand il n'y en a pas eu, il ne doit pas lui présenter le tableau de ses faciles triomphes. Ce sont des souffles grossiers qui flétrissent les fleurs d'une couronne de mariée. Quelques jeunes femmes ont la curiosité malsaine de connaître les mauvais côtés de notre passé. Imbécile est le mari qui les leur fait seulement entrevoir et qui apprend à sa compagne comment les autres trompent le leur. Je sais que l'homme vivement interrogé par ce gentil confesseur répugne à mentir ; je sais aussi que parfois il croit se racheter par des aveux et par des comparaisons à l'avantage de la femme légitime, sans songer qu'il s'amoindrit à ses yeux et détruit sa confiance dans l'avenir. Dans ces cas-là, il faut résolument nier tout, c'est humiliant, c'est le châtiment de nos fautes ; mais, pour ce qui te concerne, mon ami, tu n'auras pas cette mortification. Miette ne te l'imposera jamais. Elle est trop grande et trop sage pour cela. Elle a vingt-deux ans, elle devine ce qu'elle ne sait pas ; puis, elle a une grande notion de l'égalité voulue entre époux, elle se dit que l'homme, grâce au développement donné à son intelligence par une éducation plus complète, est le guide naturel de la femme dans les choses de la vie, et que la femme par sa réserve, sa pureté, s'élève jusqu'à lui et mérite le respect de son maître. Il y a donc compensation. Tu t'es donné beaucoup de mal pour acquérir une certaine puissance intellectuelle. Miette s'en est donné pour garder intacte la buée d'innocence qui s'exhale des fruits exquis. Vous n'avez donc rien à vous reprocher mutuellement. Sans doute, comme tu me le disais l'autre jour, il vaudrait mieux s'unir aussi purs l'un que l'autre, et je ne prétends pas que tout soit pour le mieux dans les conditions de la vie conjugale ; mais il faut les accepter comme elles sont ou s'y soustraire absolument, ce qui est pire. Tâchons d'en tirer le meilleur parti, et de voir dans la compagne de notre vie un être dissemblable, mais égal à nous, puisque, s'il est faible par les côtés où nous sommes forts, il est fort par ceux où nous sommes faibles.

Délivré de ses secrètes anxiétés, Henri s'élança vers Émilie, qui passait, la tête chargée d'une corbeille de raisins mûrs. Si elle eût été coquette, elle n'eût pu imaginer une plus riche et plus heureuse coiffure. Les pampres délicats, marbrés de tons vifs, retombaient sur ses cheveux noirs, et les grappes brillantes comme des grenats formaient un diadème sur son beau front, aussi pur et aussi fier que celui d'une chaste nymphe.

— Miette, lui dit Henri en l'amenant dans mes bras, veux-tu être tout à fait la fille de ton oncle, qui t'aime tant, et la femme de ton cousin, qui t'adore ?

— Si vous croyez que je mérite le bonheur de ne vous quitter jamais, répondit Miette en passant ses bras autour de mon cou, gardez-moi, je vous appartiens.

Les deux mariages eurent lieu le même jour et les deux noces n'en firent qu'une à la Maison-Blanche ; puis Henri et sa femme allèrent passer quelques jours dans leur chère solitude de Vignolette ; Marie et son époux partirent avec Ninie pour opérer leur installation dans le beau vieux château de Nives, qu'ils eurent à remeubler, car madame Alix avait emporté naturellement jusqu'aux pincettes. Jacques appréciait la valeur de l'argent ; mais il eut l'esprit de se trouver de niveau avec la grandeur désintéressée de sa femme, et, au lieu de s'indigner, il eut de si bons gros rires que ce dépouillement parcimonieux leur fut pendant plusieurs jours un sujet de gaîté.

D'ailleurs tout n'était pas perdu. Un soir, Marie dit à Jacques :

— Prends une pioche et une pelle, et allons explorer le parc. Je prétends, si la mémoire ne me fait pas défaut, te donner le plaisir de déterrer toi-même un trésor.

Elle chercha quelques moments parmi les fougères qui tapissaient un endroit reculé du parc, et tout à coup s'écria :

— Ce doit être ici, voilà le vieux buis, c'est ici, travaille !

Jacques fouilla et trouva une cassette doublée de fer qui contenait les diamants de la défunte comtesse de Nives. Quelques jours avant de mourir, prévoyant l'ambition ou se méfiant des instincts rapaces de celle qui devait lui succéder, elle s'était confiée à un vieux jardinier et lui avait fait enterrer ses bijoux de famille en lui recommandant d'en instruire prudemment sa fille en temps utile. Le jardinier était mort peu après ; mais sa vieille femme avait montré l'endroit à Marie, qui ne l'avait pas oublié, et pour qui ces diamants, inaltérables souvenirs de sa mère, étaient doublement précieux.

Pourtant les nouveaux époux furent relativement gênés la première année de leur union, mais ils s'en aperçurent à peine. Ils étaient heureux ; ils adoraient Ninie, qui le leur rendait bien, et qui, jusque-là petite et malingre, prit bientôt l'embonpoint d'une alouette en plein blé et l'éclat d'une rose en plein soleil. Au retour de la belle saison, je voulus fêter la Saint-Jean en famille : c'était la fête de ma femme, le vrai nom de Bébelle était Jeanne.

Comme les deux jeunes ménages devaient passer la journée avec nous, j'imaginai de faire préparer un beau déjeuner à la tour de Percemont et de leur en ménager la surprise. Henri n'avait point accueilli l'idée de se confiner sur ce rocher, dont l'isolement eût beaucoup gêné nos fréquentes communications ; mais, comme c'était un des buts préférés de nos promenades, j'avais fait déblayer et arranger plusieurs pièces, notamment une belle salle à manger où le couvert se trouva mis, sur un tapis de feuilles de roses de différents tons, imitant une broderie. Cette tour de Percemont plaisait toujours à ma femme, qui aimait à dire, d'un ton dégagé, à ses amies :

— Nous ne l'habitons pas, nous sommes mieux chez nous, ces choses-là ne sont que des objets de luxe.

Moi, j'avais pardonné au vieux donjon les petits ennuis qu'il m'avait causés. J'y avais obtenu le plus beau succès de ma vie, succès de persuasion qui avait décidé du bonheur de mes enfants, sans compter celui de la pauvre petite Léonie, qui méritait d'être aimée ; c'est le droit sacré des enfants.

Tous mes chers convives se retrouvèrent là avec une joie attendrie ; au dessert on m'apporta des lettres. La première que j'ouvris était une lettre de faire part du mariage de madame la comtesse Alix de Nives avec M. Stuarton, un Anglais bossu, rachitique, mais riche à millions, que j'avais connu autrefois déjà mûr à Paris dans ma jeunesse, et que notre veuve inconsolable s'était chargée de soigner pour en hériter prochainement.

— Ah mon Dieu ! s'écria madame Ormonde consternée, la voilà plus riche que moi ; elle va me redemander Ninie !

— Soyez tranquille, lui dis-je, ce qui est bon à prendre est bon à garder. Madame Alix sera bientôt veuve, et Ninie la gênerait pour convoler à un troisième mariage.

FIN DE LA TOUR DE PERCEMONT

ISBN : 978-3-96787-422-8